자기만의 방

MINI BOOK
CLOUD
LIBRARY
39

자기만의 방

A Room of
One's Own

버지니아 울프 지음

안영준 옮김

생각뿔

차례

1

'여성과 소설'에 대한 강연을 하라고 했는데, 내가 자기만의 방이라는 이야기를 꺼낸다면 여러분은 대체 그것이 무슨연관이 있느냐고 묻겠지요. 이제 설명해 보겠습니다. 여성과 소설에 대한 이야기를 해 달라는 부탁을 받고, 나는 강둑에 앉아 이 두 단어의 의미를 생각해 보았습니다. 단순히 생각하면 그저 패니 버니[가정 소설의 창시자로 알려진 영국의소설가]에 대한 몇 마디를 언급하고, 제인 오스틴[『오만과 편견』을 쓴 영국의 대표 소설가]에 대해 몇 마디를 언급한 후에브론테 자매[『제인 에어』를 쓴 샬롯 브론테와 『폭풍의 언덕』을 쓴 에밀리 브론테. 영국의 소설가 자매]에게 찬사를 보내며 그녀들이 살던 눈 덮인 호어스 사제관을 묘사하고, 미트포트 양[농촌 생활을 그린 『우리 마을』을 쓴 영국의 작가]에 대해 농담하고, 존경하는 마음을 담아 조지 엘리엇[20세기 선구적 역할을 한 영국의 소설가]의 몇몇 작품을 언급하고는 개스켈 부인[빈민의 생활과 노동자의 참상을 기록한 『메리 바턴』을 쓴 영국의 소설가]에 대한 이야기로 마무리하면 충분할 것 같았습니다. 보통은 그렇게 하겠지요. 하지만 다시 생각해 보면, 이 두 단어에 함축된 의미는 그렇게 단순하지 않았습니다. '여성과 소설'이라는 주제는 여성 자체 혹은 여성이 과연 어떤 존재인지 떠올리는 것을 의미할 수 있습니다. 어쩌면 여러분은 이런 의미를 떠올렸을 수도 있겠군요. 하지만 여성과 여성이 쓴 소설을 의미할 수도 있고, 여성과 여성에 대해 쓴 소설을 의미할 수도 있습니다. 혹은 이 세 가지가 복잡하게 뒤섞여 있기 때문에 이것들을 통틀어 강연해 주기를 바라는 것이었을 수도 있겠지요. 하지만 나는 가장 흥미로워 보이는 마지막 방법으로 이 주제를 고찰하기 시작하자, 곧 이것에 치명적인 문제점이 있다는 것을 알게 되었습니다. 나는 결코 결론에 이를 수 없을 것이라는 사실 말입니다. 내가 이해하는 강연자의 첫 번째 임무, 즉 여러분이 한 시간짜리 강연을 들은 뒤 공책에 적을 수 있는 내용, 그리하여 벽난로 위에 있는 선반에 꽂아 두어 영원히 간직할 수 있는 순수한 진리를 전달해야 하는 임무를 나는 절대 해내지 못할 것입니다. 내가 할 수 있는 일이라고는 그저 어떤 견해, 중요해 보이지 않을 수도 있는 견해 하나를 여러분께 전해 주는 것뿐입니다. 여성이 소설을 쓰기 위해서는 돈과 자기만의 방이 있어야 한다는 사실이지요. 앞으로 곧 알게 되겠지만, 이런 견해로는 여성의 진정한 본성과 소설의 진정한 본질이라는 중대한 문제를 해결할 수 없습니다. 나는 이 문제에 대한 결론을 내야 할 의무를 회피한 셈이며, 따라서 나에게 여성과 소설은 풀리지 않을 문제로 남게 되겠지요.

하지만 나는 결론을 내리는 것 대신 내가 어떤 과정을 통해서 자기만의 방과 돈에 대해 지금 같은 생각을 하게 되었는지 최선을 다해 보여 드리고자 합니다. 지금의 결론에 이르기까지 나를 이끌었던 사고의 흐름을 여러분 앞에 있는 그대로 자유로이 소개할 생각입니다. 아마도 내가 할 말의 이면에 숨겨진 생각 혹은 편견을 여러분 앞에 드러내고 나면, 어떤 것은 여성이라는 주제와 또 어떤 것은 소설이라는 주제와 연관되어 있다는 것을 여러분은 알게 될 것입니다. 어쨌든 상당히 논란이 수반될 주제—성(性)에 대한 주제는 어느 것이든 그렇겠지요.—에 대해 말할 때는 진실이 밝혀지리라 기대할 수 없겠지요. 다만 나는 내가 어떻게 이런 견해를 갖게 되었는지 소개할 수 있을 뿐입니다. 이를 듣고 청중은 강연자의 한계와 편견, 그리고 기질을 관찰함으로써 각자의 결론을 도출할 수 있을 뿐입니다. 이런 점에서는 사실보다 소설이 오히려 더 많은 진실을 담을 수 있을 것입니다. 그러므로 나는 소설가가 가진 모든 자유와 특권을 활용해, 내가 이곳에 오기

전 이틀 동안 겪은 이야기를 들려드리고자 합니다. 여러분이 내 어깨에 짊어지게 했던 무거운 주제 때문에 제대로 허리도 펴지 못한 채 일상생활 안팎에서 끊임없이 고민했던 과정에 대한 이야기입니다. 지금부터 묘사할 내용이 실재(實在)하지 않는다는 것은 두말할 필요가 없겠지요. 옥스브리지는 가상의 대학이며, 퍼넘 또한 마찬가지입니다. '나'는 실재적 존재가 아닌 누군가를 쉽게 칭하기 위한 단어로 사용할 뿐입니다. 이제부터 내 입술 사이로 흘러나올 말은 모두 거짓이겠지만, 어쩌면 얼마의 진실이 섞여 있을지도 모르겠군요. 내 말에서 진실을 찾아내고, 그것이 간직할 만한 것인지 판단하는 것은 오로지 여러분의 몫입니다. 그럴 만한 내용이 없다면 물론 여러분은 이 이야기를 쓰레기통에 던져 버리고 잊어버리면 그만이겠지요.

자, 10월의 어느 화창한 날에 나(여기서 나를 메리 비튼, 메리 시튼, 메리카 마이클 혹은 여러분 마음대로 아무렇게나 불러도 상관없습니다. 이 문제는 전혀 중요한 것이 아니지요.)는 강둑에 앉아 생각에 잠겼습니다. 지금으로부터 1, 2주 전이지요. 여성과 소설이라는 굴레, 온갖 편견과 격정을 불러일으키는 이 주제에 대해 어떤 결론을 내려야 한다는 부담감으로 나는 고개를 절로 숙이고 있었습니다. 내 양쪽으로는 황금빛과 진홍빛으로 가득한 수풀이 햇살을 받아 마치 열기로 타오를 것만 같았습니다. 건너편 강둑에는 버드나무들이 어깨에 머리카락을 늘어뜨린 채 끊임없이 비탄에 젖어 있었습니다. 강물은 하늘과 다리, 불타는 나무의 모습을 마음대로 반사하고 있었습니다. 한 학부생이 물 위에 그린 그림자 사이로 배에서 노를 젓고 지나가자, 그림자들은 곧 아무 일도 없었던 것처럼 본래의 모습을 되찾았지요. 그런 곳에서라면 생각에 잠겨 온종일 앉아 있는 것도 가능했을 것입니다. 사색—실제 행동보다 더 내세울 듯한 이름으로 부르자면 그렇습니다.—은 어느새 강물 속으로 낚싯줄을 드리웠지요. 그것은 물에 비친 그림자와 수초 사이에서 이리저리 흔들리고는 물결을 따라 오르락내리락하더니 마침내 (아시는 것처럼 약하게 무언가가 잡아당기는 힘이 느껴지면서) 낚싯줄이 끝에 이띤 생각이 수렴되었지요. 나는 조심스레 그것을 끌어올려 정성스레 내려놓았습니다. 아, 하지만 풀밭에 놓인 나의 생각은 얼마나 작고 변변찮아 보였는지요. 사려 깊은 어부라면 분명 다음에 요리해 먹을 수 있도록 자라기를 바라는 마음으로 다시 물속에 풀어 주었을 만한 정도의 물고기였습니다. 그 생각이 어떤 것인지에 대한 논의로 지금 여러분을 번거롭게 하고 싶지는 않습니다. 하지만 여러분이 내가 하려는 이야기를 조금 더 면밀히 살펴본다면, 그 과정에서 스스로 어떤 생각을 찾아낼 수도 있겠지요.

하지만 비록 작고 변변찮아 보이는 것이라 할지라도, 그것은 나름대로 신비스러운 특징을 가지고 있었습니다. 그것을 내 마음속으로 집어넣자, 그 생각은 너무나 흥미롭고 중대한 것이 되었습니다. 그것들은 마음 안에서 치솟았다가 가라앉고 이곳저곳에서 빛을 번쩍이더니 곧 여러 생각이 거친 파도처럼 물밀 듯이 밀려들어 나는 더 이상 가만히 앉아 있을 수 없게 되었습니다. 나는 나조차도 모르는 사이에 잔디밭을 향해 부리나케 걷기 시작했습니다. 그때 어떤 남자의 모습이 솟아올라 나를 가로막았습니다. 처음에는 이브닝 셔츠에 모닝코트를 걸친 그 기묘해 보이는 물체의 몸짓이 나를 겨냥했다는 것조차 알아차리지 못했습니다. 그 사람의 얼굴은 경악과 분노로 가득 차 있더군요. 그때 내게 도움을 준 것은 이성보다 본능이었습니다. 그는 교구의 직원이었고, 나는 여인이었습니다. 이곳은 잔디밭이며 인도는 건너편에 있었습니다. 잔디밭은 대학의 연구원이나 학자들에게만 허용된 곳이었습니다. 내가 있어야 할 곳은 건너편의 자갈길이었지요. 이런 생각을 떠올리는 데는 오랜 시간이 걸리지 않았습니다. 곧 내가 그 길로 향하자, 교구 직원은 팔을 내리고는 평상시의 온화한 표정을 되찾았습니다. 하지만 걸음을 내딛기에는 자갈길보다 잔디밭이 나았고, 내가 내딛은 걸음 때문에 잔디밭이 크게 훼손된 것도 아니었지요. 이 대학이 어느 곳인지는 모르겠지만 내가 그곳의 연구원이나 학생에게 던질 수 있는 유일한 비난이 있다면, 300년씩이나 가꿔 온 그들의 잔디밭을 보호해야 한다는 구실 때문에 나의 작은 물고기들을 숨어 버리게 할 수밖에 없었다는 것입니다.

내가 그토록 대담하게 잔디밭에 침입하도록 한 생각이 무엇이었는지 이제는 기억할 수 없습니다. 그때 평화의 정령이 하늘에서 구름처럼 내게로 다가왔습니다. 평화의 정령이 머물 수 있는 곳이 있다면 그곳은 화창한 10월의 어느 아침, 옥스브리지 대학의 교정 일대일 것입니다. 고풍스러운 강당을 지나 대학의 이곳저곳을 거닐다 보니 조금 전의 불쾌한 감정은 약간 식은 듯했습니다. 어느새 내 육신은 어떤 소리도 침범할 수 없는 신기한 유리의 방 안에 들어가 있었고, 내 마음은 어떤 현실과도 얽매이지 않고 (다시 잔디밭에 침입하지 않는 한) 이래저래 떠오르는 명상 속에 자유로이 빠져들었습니다. 그러나가 문득 오래전 어름 빙힉폼에 칠스 램[영국 수필의 결작으로 평가받는 「엘리아의 수필」을 쓴 영국의 수필가]이 옥스브리지를 다시 방문한 것에 대해 쓴 에세이가 떠올랐습니다. 새커리[『허영의 시장』을 쓴 19세기 영국 문학을 대표하는 소설가]는 램의 어떤 편지 한 장을 이마에 대며 성(聖) 찰스라고 말했다지요. 그는 모든 죽은 자들 가운데 (나는 지금 생각나는 대로 말하고 있습니다.) 내가 가장 마음에 들어 하는 사람입니다. 또한 그가 어떻게 에세이를 쓰는지 기꺼이 배우고 싶을 정도입니다. 그의 에세이는 맥스 비어봄[인간을 통찰한 신랄한 묘사로 명성을 떨친 영국의 수필가]의 어떤 뛰어난 글보다도 월등하다고 생각합니다. 거칠게 번뜩이는 상상력과 그 사이에서 번개가 치듯 빛나는 천재성이 때로는 결함과 불완전함을 주기도 했지만, 동시에 그의 에세이를 마치 시처럼 만들었기 때문입니다. 램은 아마 100년 전쯤 옥스브리지에 왔을 것입니다. 이곳에서 그는 분명 초고 상태인 밀턴[「실낙원」을 쓴 영국의 대표 시인]의 어떤 시 한 편을 보고, 그에 관한 에세이(제목은 생각나지 않네요.)를 썼습니다. 아마 그 원고는 「리시다스[밀턴이 학우 에드워드 킹을 추모하기 위해 쓴 시]」였을 겁니다. 램은 「리시다스」에 나오는 어느 단어라도, 현재의 시와 다른 어휘로 쓸 수 있다는 사실을 깨닫고 꽤나 큰 충격을 받았다는 글을 썼습니다. 밀턴이 그토록 위대한 시의 어휘를 바꾼다는 것이 그에게는 일종의 신성 모독처럼 느껴졌지요. 이런 생각을 떠올리며 나는 「리시다스」에서 떠올릴 수 있는 모든 것을 기억하고는 과연 밀턴이 바꿔 쓴 단어는 무엇이었을지, 그리고 왜 바꿔 쓰게 되었을지 추측하며 시간을 보냈습니다.

그때 나는 램이 보았다는 그 원고가 몇백 미터밖에 떨어지지 않은 곳에 있다는 것을 깨달았습니다. 그래서 램이 그랬던 것처럼 대학교 안으로 들어가면, 그 보물이 보관된 유명한 도서관에 갈 수도 있겠다는 생각이 들었습니다. 또한 나는 그곳에 새커리의 『에즈먼드』 초고도 보관되어 있다는 사실을 떠올렸습니다. 비평가들은 종종 새커리의 소설 가운데 『에즈먼드』를 가장 뛰어난 소설이라 평합니다. 하지만 내 기억에 의하면, 18세기의 양식을 모방한 꾸밈이 많은 문체는 오히려 읽기에 방해만 될 뿐입니다. 그가 18세기의 문체를 오롯이 알고 곧이곧대로 쓰는 것이 아니었다면 말입니다. 이는 새커리가 쓴 원고를 직접 보며, 글을 퇴고할 때 문체와 의미 중 어느 쪽을 우선시했는지 확인하면 쉽게 알 수 있는 사실입니다. 하지만 그렇게 하기 위해서는 일단 무엇이 문체이고 무엇이 의미인지 정의를 내릴 수 있어야겠지요. 이를 위한 질문은…….

그렇게 생각하는 사이에 나는 어느새 도서관 문 앞에 서 있었습니다. 나는 분명 도서관의 문을 열었을 겁니다. 왜냐하면 흰 날개 대신 검은 가운을 펄럭이며 길을 막는 존재가 나타났기 때문입니다. 친절해 보이는 은발의 신사 한 분은 나를 보고는 어서 돌아가라고 손짓했지요. 노한 유감스럽게도 여인들은 대학 연구원과 함께 와야 한다거나, 소개장을 소지해야만 들어올 수 있다는 말을 나지막이 건넸습니다.

어떤 여성이 그 도서관을 저주했다 한들 저 유명한 도서관은 조금도 개념치 않겠지요. 그 고상하고도 평온한 곳은 그렇게 모든 보물을 안전하게 간직한 채 평온히 잠들었으며, 적어도 나에게 그 도서관은 영원히 그런 모습으로 기억될 것입니다. 다시는 이 메아리들을 깨우지 않으리라. 다시는 이들에게 호의를 베풀지 않으리라. 나는 그렇게 다짐하며 분노에 휩싸인 채 계단을 내려왔습니다.

하지만 아직도 오찬 시간까지는 한 시간이나 남아 있었습니다. 대체 그동안 무엇을 해야 할까요? 강가에 있는 풀밭을 거닐어야 할까요? 강둑에 앉아 있어야 할까요? 여하튼 더할 나위 없이 아름다운 가을날의 아침이었습니다. 붉은빛을 머금은 낙엽은 펄럭이며 땅으로 떨어지고 있었습니다. 풀밭을 거닐어도, 강둑에 앉아 있어도 좋았을 것입니다. 그 순간 어딘가에서 음악 소리가 들려왔습니다. 예배나 축전이 거행되려는 듯했지요. 교회당 앞을 지날 때, 오르간이 장엄한 소리로 하소연하기 시작했습니다. 그토록 청명한 하늘 아래서는 기독교가 지닌 비애조차 슬픔 그 자체를 말한다기보다 마치 지난 슬픔을 회상하는 것 정도로 들려왔습니다. 심지어 고풍스러운 오르간이 내뱉는 신음도 마치 포근한 평화에 안겨 있는 것처럼 들렸지요. 하지만 내게 그곳으로 들어갈 권리가 있었다 하더라도 나는 그곳에 들어가고 싶지 않았습니다. 만약 그렇다면 이번에는 교구 관리가 나를 불러 세우고는 세례 증명서나 소개서를 요구했겠지요. 하지만 이토록 장엄한 건물의 외부는 그 내부를 보는 것만큼이나 아름다웠습니다. 또한 교회당 앞에서 마치 벌집으로 향하는 벌 떼처럼 무리를 이루어 분주히 안팎을 드나드는 사람들을 지켜보는 것도 충분히 재미있는 일이었습니다. 대다수 사람은 모자를 쓰고 가운을 입고 있었습니다. 어떤 이는 어깨 위에 모피로 만든 술 장식을 늘어뜨리고 있었고, 또 어떤 이는 휠체어를 탄 채 다니기도 했지요. 때때로 중년이 되어 보이지 않는 나이에도 마치 유리로 된 어항 속에 있는 모랫바닥을 힘겹게 드나드는 게나

가재처럼 보이는 사람도 있었지요. 그들은 정말 괴이하게 구겨지고 짓눌린 듯한 모양새였습니다. 벽에 기대선 채 그들을 바라보니 대학은 참으로 희귀한 종(種)을 모아 놓은 곳 같았습니다. 만약 그들이 스트랜드 가에서 생존을 위해 투쟁하도록 방치된다면 곧 폐기 처분될 듯한 모습이었지요. 불현듯 옛 학장과 교수들에 대한 오래전 이야기들이 떠올랐습니다. 하지만 내가 미처 휘파람을 불어 보려 하기도 전에 (휘파람을 불면 어떤 노교수가 부리나케 뛰어왔다는 말이 있었지요.) 그들은 안으로 사라지고 말았습니다. 하지만 교회의 겉모습은 그대로였습니다. 아시다시피 그 높고도 둥근 지붕과 첨탑은 언덕 너머에서도 쉽게 볼 수 있지요. 마치 항상 항해하면서 도달할 곳을 끝끝내 찾지 못한 돛단배처럼 말이지요.

이처럼 고운 잔디밭과 장엄한 건물들, 그리고 예배당의 자리는 예전에 모두 습지였을 것입니다. 거친 풀들 가운데 돼지들이 코를 박고 냄새를 맡는 곳이었을 겁니다. 하지만 떼를 이룬 말들과 황소들이 저 멀리 떨어진 곳에서부터 수레에 돌을 싣고 왔을 것입니다. 내가 서 있는 곳에 있는 이 드높은 회색 건물은 주춧돌을 다지는 것부터 천천히 순서대로 쌓아 올려 평형을 유지하기 위해 무한히 힘을 쏟았을 것입니다. 도색공들은 창문에 끼울 유리를 가지고 왔을 것이고, 석공들은 무려 몇 세기에 걸쳐 지붕 위에서 시멘트, 접착제, 삽 등을 들고 분주히 일했을 것입니다. 물론 토요일이면 그중 누군가는 가죽 주머니 안에서 금화나 은화를 꺼내어 그들의 손아귀에 쥐어 주었겠지요. 아마 일꾼들은 그 돈으로 하루쯤은 충분히 먹고 마시며 나인핀스[아홉 개의 핀을 세운 후 공을 굴려 쓰러뜨리는 경기. 현대 볼링의 전신]를 즐길 수 있었을 것입니다. 돌은 계속 운반되었습니다. 석공들은 꾸준히 일하며 땅을 파거나 고르게 만들고, 도랑이나 배수로를 만들었습니다. 그렇게 금화와 은화의 물결은 이 대학 안으로 흘러 들어왔을 것입니다. 당시는 그야말로 신앙의 시대였습니다. 토지는 무상으로 제공되고, 십일조 헌금도 걷혔습니다. 사람들은 이 초석 위에 돌을 올리기 위해 너 나 할 것 없이 많은 돈을 쏟아 부었습니다. 왕과 여왕, 그리고 귀족들은 이곳에서 찬송가를 부르게 하고 학생들을 가르치겠다는 마음으로 더 많은 돈을 쏟아 부었을 것입니다. 하지만 신앙의 시대가 끝나고 이성의 시대가 왔어도 금화와 은화는 계속 흘러 들어왔습니다. 연구 기금이 설립되고, 교수 기금이 기부되었습니다. 이제 금화와 은화는 왕의 금고가 아닌 상인과 공장주로부터 나왔지요. 다시 말해 산업화로 재산을 축적한 사람들의 주머니에서 나온 것입니다. 그들은 자신이 기술을 배운 대학에 더 많은 의자와 더 많은 기금을 기부하도록 유언을 남긴 것이지요. 그렇게 몇 세기 전만 해도 축축하고 잡초가 무성했으며 돼지들이 땅을 뒤지던 그곳에 도서관과 연구실과 관측소가 만들어졌을 뿐만 아니라 유리로 된 진열장에는 값비싸고 정밀한 실험 기구들이 놓이게 되었습니다.

대학 안을 이리저리 거닐다 보니, 나는 금화와 은화로 빚어진 곳의 토대가 충분히 깊숙한 곳에 자리하고 있다는 것을 알 수 있었습니다. 머리에 쟁반을 인 사람들은 바쁘게 계단을 오르내리고 있었고, 창가의 화초에는 너무나 아름다운 꽃이 피어 있었습니다. 안쪽에 있는 여러 방의 축음기에서는 노래가 큰 소리로 울려 퍼졌습니다. 저절로 무엇인가를 떠올릴 수밖에 없던 순간이었습니다. 하지만 그 사색은 어떤 것이었든 중단될 수밖에 없었습니다. 벌써 오찬을 하러 갈 시간이 되었기 때문이지요.

소설가들은 신기하게도 오찬 자리를 항상 어떤 이이 개치 있는 말이나 지혜로운 처신이 기억에 남는 자리로 묘사하곤 합니다. 하지만 무엇을 먹었는지에 대해서는 하나같이 말을 아낍니다. 그들이 먹었던 수프나 연어 혹은 새끼 오리 고기에 대해서 별다른 언급을 하지 않는 것은 소설가들의 오랜 풍습이 되었습니다. 마치 그것들은 전혀 중요하지 않다는 듯, 그들은 오찬 자리에서 담배를 피우고 와인을 마시는 사람이 한 명도 없는 것처럼 상황을 묘사합니다. 하지만 나는 이 자리에서 그간의 관습을 깨뜨리고 음식에 대한 이야기를 하고자 합니다. 첫 번째로 움푹 팬 접시에 담긴 광어 요리가 나왔지요. 대학 요리사는 그 위에 하얀 크림을 발랐는데, 그는 사슴 옆구리에 있는 반점처럼 군데군데 갈색 점이 보이게 했습니다.

다음으로는 자고새 요리가 나왔습니다. 자고새 요리라고 해서 털이 뽑힌 갈색 새 두 마리가 접시 위에 놓여 있었을 것이라고 떠올리시면 안 됩니다. 굉장히 다양한 종류의 자고새와 다양한 맛을 지닌 소스와 샐러드가 각각의 특징에 맞게 어울려 나왔습니다. 감자는 동전처럼 얄팍했지만 딱딱하지는 않았고, 장미 봉오리처럼 나온 양배추는 촉촉함을 자랑했지요. 구운 고기와 곁들임 요리가 담긴 접시들이 비워지자, 조용히 시중을 들던 교구 관리는 더없이 온화한 표정으로 화환처럼 냅킨을 두른 설탕 과자를 우리 앞에 내놓았지요. 그것은 푸딩이나 쌀 혹은 타피오카라고 부른다면 음식에 실례가 될 정도로 훌륭했습니다. 그사이에 노란색과 진홍색으로 빛나는 와인 잔들은 비워지고 채워지기를 반복했습니다.

그렇게 척추에서 반 정도 내려간 곳에 있는, 영혼이 머무는 곳에 불이 들어왔습니다. 그것은 우리가 뛰어난 재기를 지녔다고 평하는 작은 불빛이 아닌, 그보다 더욱 섬세하고 심오하며 비밀스럽게 타오르는 불빛이었습니다. 그것은 곧 이성적 교제라는 그윽하고 환한 불꽃이 되었습니다. 서두를 이유는 없었습니다. 굳이 불을 밝혀야 할 일도 없었습니다. 내가 아닌 다른 누군가가 되려고 할 필요도 없었습니다. 우리는 곧 천국으로 갈 것이며, 그 자리에는 반다이크[영국풍 초상화의 기틀을 다진 플랑드르의 화가]가 함께할 것입니다. 다시 말해 좋은 담배에 불을 붙이고 창가 의자의 푹신한 쿠션에 앉아 있을 때 인생은 꽤 훌륭해 보이고, 그 보상 또한 달콤하며, 자신이 지닌 이러저러한 불만이나 원한은 하찮게 다가오고, 자신이 같은 부류의 사람들과 우정을 나누는 것이 얼마나 훌륭한가를 느끼게 되는 것이지요.

그때 재떨이가 가까이 있었더라면, 그래서 담뱃재를 창문 밖으로 털지 않았다면, 모든 상황이 조금씩 달라졌다면, 아마 그 꼬리 없는 고양이를 보는 일은 없었겠지요. 별안간 나타나 잔디밭 위를 부드럽게 거니는 꼬리 없는 짐승을 보자, 나는 어떤 무의식적인 지성이 우연히 작용해 감정의 빛이 달라졌습니다. 마치 누군가 나에게 그늘을 드리운 것만 같았습니다. 훌륭했던 와인외 취기도 금방 가시는 듯했습니다. 맹크스 고양이[꼬리가 없는 영국 맨 섬 출신의 고양이]가 마치 온 세상에 대한 의문을 품은 듯이 잔디밭 한가운데에 가만히 서 있는 모습을 보니, 나는 그 고양이가 무언가 결핍되어 있다는 느낌이 들었고 또 무언가가 달라 보이는 것 같았습니다. 다른 이들의 이야기를 들으며, 나는 무엇이 결핍되고 무엇이 달라진 것인지 스스로에게 물어보았습니다. 나는 그 물음에 답하기 위해 밖으로 나갔습니다. 그러고는 전쟁이 벌어지기 전의 과거로 돌아가 이곳에서 그리 멀지 않은 방에서 열렸던 오찬 장면을 그려 보아야 했습니다. 그 오찬 자리는 지금과는 무언가가 달랐습니다. 아니, 모든 게 달랐지요.

그런 와중에도 손님들은 계속 대화를 나누고 있었습니다.

여성 혹은 다른 성을 지닌 그들의 대화는 거침없이 유쾌하고도 자유롭게 이어지고 있었습니다. 대화가 이어지는 동안 나는 지금의 대화를 과거의 것과 비교해 보았습니다. 현재의 대화는 과거의 대화에서 계승된 것이며, 그것이 적법하다는 것은 의심의 여지가 없었습니다. 아무것도 변하지 않았고, 아무것도 달라지지 않았습니다. 이때 나는 내 온 신경을 귀로 모아 그들의 대화를 듣는 것을 넘어 그 이면의 흐름을 포착하려고 했습니다. 맞습니다. 그것이었습니다. 바로 그것이 달랐던 것입니다. 전쟁 전에 있었던 오찬 자리에서도 사람들은 지금과 비슷한 대화를 나누었겠지만, 분명 그들의 소리만큼은 달랐을 것입니다. 왜냐하면 그때 당시 대화에서는 명료하지 않아도 음악적인 어떤 흥얼거림이 말의 의미를 변화시키는 일이 있었기 때문입니다. 그 흥얼거림을 말로 표현할 수 있을까요? 아마 시인의 도움이 필요하겠지요. 마침 내 옆에 책이 한 권 놓여 있었고, 나는 그 책을 펼쳐 우연히 테니슨[영국 빅토리아 시대의 대표 시인]의 도움을 받게 되었습니다. 테니슨은 이렇게 노래하고 있었지요.

문가의 시계꽃 덩굴에서
빛나는 눈물이 떨어졌네.
그녀가 온다네, 나의 비둘기여, 나의 사랑이여.
그녀가 온다네, 나의 생명이여, 나의 운명이여.

붉은 장미가 외치네. "그녀가 왔어, 거의 다 왔어."

하얀 장미는 흐느끼네. "그녀가 늦을 듯해요."

제비꽃은 귀를 기울이네. "나는 들려, 그녀가 오는 소리가 들려."

백합은 속삭이네. "나는 기다리고 있어."

이것이 전쟁 전 남자들이 오찬에서 흥얼거렸던 노래였을까요? 그렇다면 여성들은 무엇을 했을까요?

내 마음은 노래하는 새.

둥지는 물먹은 여린 나뭇가지 위에 있고,

내 마음은 사과나무.

나뭇가지는 무성한 열매로 휘어지고,

내 마음은 무지갯빛 조개껍데기.

고요한 바다를 노 저어 가고,

내 마음은 이들보다 더 기쁜 것.

내 사랑이 나에게 왔기에.

이것이 전쟁 전 여성들이 오찬에서 흥얼거렸던 노래였을까요? 나는 전쟁 전 오찬에서 사람들이 작게라도 그런 노래를 흥얼거렸을 광경을 떠올리니 너무나 우스워 그만 웃음을 터뜨리고 말았습니다. 나는 죄 없는 맹크스 고양이를 가리키며 변명해야만 했지요. 잔디밭 한가운데서 꼬리도 없이 서 있는 그 가엾은 짐승은 약간 우스꽝스러워 보이기도 했습니다. 그 고양이는 태어날 때부터 그랬던 것일까요? 혹은 사고로 꼬리를 잃고 만 것일까요? 실제로 영국 맨 섬에 꼬리 없는 고양이가 존재한다고는 하지만, 그것은 우리가 생각하는 것보다 훨씬 더 보기 드문 동물입니다. 아름답기보다는 별나고 기이한 동물이지요. 꼬리 하나가 없다는 것이 저렇게 다른 인상을 주다니. 사람들은 이런 식으로 대화를 주고받다가 이내 코트와 모자를 걸쳤지요.

주인의 환대 덕에 이번 오찬은 오후 늦게까지 이어졌습니다. 벌써 아름다운 10월의 하루가 저물어 가고 있었습니다. 내가 걷는 길의 가로수에서는 낙엽이 하나둘 떨어지고 있었습니다. 내 뒤로는 문이 부드럽지만 단호하게 하나씩 닫히는 듯했습니다. 수없이 많은 교구 관리는 어느덧 수없이 많은 열쇠를 기름칠이 잘된 자물쇠에 끼워 돌리고 있었습니다. 그 보물의 집은 다시 하룻밤을 안전히 보낼 준비를 하는 중이었지요. 가로수 길을 지나서 이름은 잊었지만 어느 거리로 가게 되었는데, 그곳에서 모퉁이를 돌면 바로 퍼넘에 도착할 수 있었지요. 하지만 시간은 충분했습니다. 석찬은 적어도 7시 30분이 되어야 시작할 테니까요. 사실 이런 오찬을 지낸 뒤에는 군이 석찬을 먹지 않아도 상관없지요. 시 한 구절이 마음속에 떠올라 그 리듬에 맞추어 발걸음을 옮기는 것은 신기한 일입니다.
이런 구절이었습니다.

> 문가의 시계꽃 덩굴에서
> 빛나는 눈물이 떨어졌네.
> 그녀가 온다네, 나의 비둘기여, 나의 사랑이여……

나는 이 시구를 마음속으로 노래하며 헤딩리를 향해 즐겁
게 걸음을 옮겼습니다. 그러다가 물결이 둑의 가장자리에 부
딪쳐 거품을 일으키는 곳에 다다르자, 리듬은 다른 노래의 운
율로 바뀌었지요.

> 내 마음은 노래하는 새.
> 둥지는 물먹은 여린 나뭇가지 위에 있고,
> 내 마음은 사과나무……

대단한 시인들이야! 사람들이 땅거미가 질 때쯤 으레 하
는 것처럼 나는 큰 소리로 외쳤습니다. 정말 대단한 시인들이
야!
우리 시대의 사람들을 생각하니 그들에게 일종의 질투가
느껴졌습니다. 더불어 이러한 비교가 우습고 어리석은 일이
라는 것을 알면서도, 나는 현존하는 시인 가운데 테니슨과 크

리스티나 로제티[19세기 영국의 대표 시인]에 비견될 만한 시인을 꼽을 수 있을지 고민했습니다. 거품이 이는 강물을 들여다보며, 나는 이러한 비교가 확실히 불가능하다고 생각했지요. 당시 사람들이 시에 탐닉하고 열광했던 이유는 바로 당시의 시들이 그때 사람들이 (아마도 전쟁 발발 전의 오찬 자리에서) 느꼈던 어떤 감정을 고취했고, 따라서 사람들은 익숙하고도 편안하게 그 시를 음미할 수 있었기 때문입니다. 감정을 억제하려 하거나 자신이 가지고 있는 다른 감정과 견주어 보려 하지도 않았지요. 하지만 현대 시인들은 우리 안에서 만들어지는 감정과 동시에 우리로부터 찢겨져 나가는 감정을 표현합니다. 대개 사람들은 처음 그 시를 접할 때, 이 사실을 인식하지 못합니다. 무슨 이유에서인지 그들은 종종 이 감정들을 두려워하기도 하지요. 혹은 이 감정들을 예리하게 관찰하려고 하거나, 질투와 의혹이 가득 찬 눈으로 자신이 깨닫던 옛 감정들과 견주어 보려고도 합니다. 이 때문에 현대 시를 감상하는 것에 어려움이 생기는 것이지요. 사람들은 이런 어려움 때문에 제아무리 뛰어난 현대 시인의 시라도 두 행 이상을 연속으로 기억하기 힘들게 되었습니다. 당시 사람들이 시를 기억하기 힘들게 된 이러한 이유 때문에 자료는 빈곤해졌고, 내 주장 또한 시들해졌습니다. 하지만 나는 헤딩리를 향해 걸어가며 계속 고민했습니다. 왜 우리는 오찬 자리에서 흥얼거리는 것을 멈추게 된 걸까. 왜 알프레드 테니슨은 그녀가 온다네, 나의 비둘기여, 나의 사랑이여.

이라 노래하기를 멈추었으며, 왜 크리스티나 로제티는

내 마음은 이들보다 더 기쁜 것.
내 사랑이 나에게 왔기에.

이라 답하지 않게 된 것일까요? 전쟁 때문이라고 해야 할
까요? 1914년 8월[제1차 세계 대전이 발발된 시기에] 총이 발
사되었을 때, 여성과 남성의 얼굴이 서로를 너무나 적나라하
게 바라본 탓에 낭만은 사라지고 만 것일까요? 포화 속에 비
친 통치자들의 얼굴을 보는 것은 (특히 교육과 그 밖의 다른 것
에 대해 일종의 환상을 품고 있던 여성들에게는) 분명 충격적인 일
이었습니다. 독일인들, 영국인들, 프랑스인들은 너무나 징그
럽고 아둔하게 보였습니다. 하지만 어디에 비난의 화살을 돌
리든 또 누구를 탓하든, 알프레드 테니슨과 크리스티나 로제
티가 그토록 열정적으로 다가오는 사랑을 온 마음으로 부르
게 만들었던 환상은 그때 당시보다 훨씬 더 드물게 되었습니
다. 다만 우리는 읽거나 보고 듣거나 기억할 수 있을 뿐이지
요. 하지만 우리는 왜 그들을 '비난'해야 할까요? 만약 그것
이 환상이었다면, 그것을 파괴하고 대신 진실을 자리하게 한
오늘날의 격변을, 그것이 어떤 것이든 찬양해야 하지 않을까

요? 왜냐하면 진실은 … 아, 이 점들은 내가 진실을 추구하다가 퍼넘으로 꺾어 들어가는 곳을 놓친 지점을 표시하는 것입니다.

그렇습니다. 나는 실제로 어떤 것을 진실이라 하고 어떤 것을 환상이라 할 수 있을지 스스로에게 물어보았습니다. 예를 들어 지금 석양이 지는 가운데 붉게 비치는 저 집들은 마치 축제를 벌이는 것처럼 아름답게 보이지만, 아침 9시가 되면 사탕절임과 구두끈 등으로 혼잡스럽고 지저분해질 것입니다. 대체 진실은 무엇일까요? 또한 버드나무 강, 그 강 아래로 이어지는 정원은 지금 안개가 껴서 어렴풋이 보일 뿐이지만, 곧 해가 비치면 다시 붉은빛이나 황금빛으로 빛날 것입니다. 그들 가운데 대체 어떤 것이 진실이고 어떤 것이 환상일까요? 이제 이처럼 뒤틀리고 이리저리 바뀌는 사색은 그만하겠습니다. 헤딩리로 가는 길에서는 어떤 결론도 내릴 수 없었기 때문입니다. 그저 길을 잘못 들었음을 깨닫고, 발길을 되돌려 퍼넘으로 향한다는 것만 떠올려 주기를 바랍니다.

이미 나는 10월의 어느 화창한 날이라고 말했기에, 계절을 바꾸어 정원 담장에 늘어선 라일락이나 크로커스 혹은 튤립 같은 봄꽃을 묘사해 소설의 고귀함과 여러분이 소설에 대해 가지고 있는 존중을 감히 해치려 하지는 않겠습니다. 우리는 소설은 사실에 충실해야 하고, 사실이 진실에 가까워질수록 소설은 나아진다고 들어 왔지요. 그러므로 지금은 여전히 가을이며, 노란빛의 나뭇잎은 계속 떨어지고 있습니다. 다만 전보다 조금 더 빠르게 떨어지는 변화가 있네요. 지금은 저녁 (정확히 7시 23분)이고, 바람(정확히 남서풍)이 불어왔기 때문입니다. 하지만 이런 환경에서도 무언가 기묘한 것이 작용하고 있었습니다.

> 내 마음은 노래하는 새.
> 둥지는 물먹은 여린 나뭇가지 위에 있고,
> 내 마음은 사과나무.
> 나뭇가지는 무성한 열매로 휘어지고……

아마도 이 어리석은 환상―물론 환상에 불과하겠지만―은 일정 부분 크리스티나 로제티의 시구 때문이었겠지요. 하지만 왠지 라일락이 정원 너머에서 꽃잎을 흩날리고, 멧노랑나비는 이리저리 날아가며, 꽃가루는 하늘을 떠도는 듯한 느낌이 들었습니다. 어디에서 오는지 모를 바람이 불어왔고, 반쯤 자란 나뭇잎들은 휘날려 하늘에서 은회색 섬광을 번쩍이고 있었습니다. 마침 해가 기울 시간이었습니다. 색은 강렬한 변화에 휩싸여 흥분하기 쉬운 심장의 고동처럼 금빛과 자줏빛이 창틀에서 타오르고 있었지요. 무슨 이유에서인지 세상의 아름다움이 나타났다가 이내 사라지는 그 순간, (이때 나는 문을 열고 정원으로 들어갔습니다. 누군가의 부주의 탓에 문은 열려 있었고, 교구 관리들은 보이지 않았지요.) 곧 소멸될 세상의 아름다움에는 심장을 산산조각 내는 웃음과 고뇌라는 양날이 있었습니다.

봄날의 황혼 속에 퍼넘의 정원은 거칠고도 광활하게 펼쳐져 있었습니다. 길게 자란 풀들 사이로 수선화와 초롱꽃들이 이곳저곳에 아무렇게나 산재해 있었습니다. 한창 자랄 때도 제대로 손질된 적이 없어 보였고, 지금도 바람에 나부껴 당장이라도 뿌리가 뽑힐 것처럼 흔들리고 있었습니다. 건물의 창문들은 마치 붉은 벽돌 빛의 바다 위에 떠 있는 배의 창문처럼 보였는데, 그것은 빠르게 흘러가는 봄의 구름을 비추며 노란빛에서 은빛으로 색을 바꾸고 있었습니다. 어떤 이는 해먹에 누워 있었지요. 이런 희미한 빛 사이에서 절반 정도는 뚜렷이 볼 수 있고, 절반 정도는 추측해야 할 환영처럼 보였지요. 누군가는 잔디밭을 가로질러 뛰었고, (누군가 저 여인을 가로막지는 않았을까요?) 어떤 테라스에서는 불현듯 정원을 둘러보려는 듯 바람을 쐬고 있는 허리 굽은 사람이 나타났습니다. 무언가 당당하면서도 겸손해 보이는 이 사람은 이마가 넓고, 허름한 치마를 입고 있었지요. 혹시 명망 있는 학자는 아닐까요? 유명한 여성 학자 J—H—이지는 않을까요? 정원에 드리운 어둠의 장막이 별이나 칼—다시 말해 봄의 절정에서 솟아나온 어떤 끔찍한 현실의 섬광—에 의해 찢겨지는 것처럼 모든 것은 강렬하게 다가왔습니다. 왜냐하면 젊음은……

아, 수프가 나오는군요. 큰 식당에서는 만찬이 차려지고 있었습니다. 지금은 사실 봄날은커녕 10월의 저녁이었지요. 모든 사람이 큰 식당에 모였고, 수프가 차려졌습니다. 그저 평범한 고기 국물로 끓인 수프였습니다. 상상을 자극할 만한 요소는 어떤 것도 없었습니다. 너무나 묽어서인지 조금만 뒤적거리면 바닥의 무늬를 들여다볼 수 있을 정도였습니다. 하지만 그 바닥에 무늬는 없었습니다. 접시도 너무나 평범했지요. 그다음으로는 감자와 야채를 곁들인 쇠고기 요리가 나왔습니다. 이 음식들의 삼위일체는 진흙투성이인 시장의 광경을 떠오르게 했습니다. 그 가운데에 서 있는 소들의 궁둥이, 가장자리가 노릇게 시든 싹은 양배추, 그물주머니를 멘 여인들이 흥정하는 월요일 아침의 풍경을 연상시켰습니다. 음식은 넉넉히 제공됐습니다. 광부들은 지금 이보다 못한 식탁에 앉으리라는 사실을 알고 있었기에 이처럼 평범한 음식에 불평할 이유는 없었습니다. 그다음으로는 말린 자두와 커스터드가 나왔습니다. 커스터드에 의해 조금 보완됐을지라도 말린 자두는 여전히 무자비한 음식이었습니다. (그것을 과일이라 부를 수는 없겠지요.) 하지만 이를 두고 수전노의 심장처럼 질기고, 80년씩이나 누구에게도 포도주와 온정을 베풀지 않은 수전노의 야박함처럼 물기가 없다고 불평하는 사람이 있다면, 우리는 세상에 그런 말린 자두조차 감사하게 받아들이는 사람들이 있다는 사실을 떠올려야 할 것입니다. 그다음으로는 비스킷과 치즈가 나왔습니다. 이곳저곳으로 물병이 돌았습니다. 비스킷은 퍽퍽한 특징을 지니고 있었고, 이 자리에서도 역시 그 특징을 발하고 있었지요. 그게 전부였습니다. 곧 식사가 끝났지요. 모든 사람은 의자를 뒤로 밀며 자리에서 일어섰고, 문은 거칠게 여닫혔습니다. 음식의 흔적은 삽시간에 말끔히 사라지고, 다음 날 아침 식사를 위한 정돈이 끝났습니다. 잉글랜드의 젊은 남자들은 복도를 따라 발을 쿵쿵거리며 계단을 올라가고, 흥겹게 노래를 불렀습니다.

손님, 아니 이방인(나의 처지는 트리니티, 서머빌, 거튼, 뉴넘, 크라이스트처치에 있었을 때와 마찬가지로 퍼넘에서도 달라질 게 없었지요.)이었던 나는 "만찬이 변변찮네요."라고 말한다거나 "우리 둘만 (나는 지금 메리 시튼과 응접실에 앉아 있습니다.) 이곳에서 식사할 수는 없었을까요?"라는 이야기를 꺼낼 수는 없었습니다. 내가 그렇게 말했다면, 이방인이 볼 때는 쾌활하고 당당해 보이는 이 대학의 내밀한 경제 사정을 내가 엿봤다는 것을 사람들이 알게 되겠지요. 그런 말은 도저히 할 수 없었습니다. 실제로 우리의 대화는 잠시 시들해지기도 했습니다.

인간이라는 존재는 마음과 몸, 두뇌가 함께 결합되어 있는 유기체입니다. 이는 아마 100만 년 후에도 마찬가지일 겁니다. 또한 각각의 존재가 따로 격리되어 있는 것이 아니기 때문에 훌륭한 저녁 식사는 곧 훌륭한 대화를 위해 대단히 중요한 요소가 되지요. 변변찮은 저녁을 먹는다면 사색을 잘할 수 없을뿐더러 사랑도 잘하지 못할 것이고, 잠도 잘 이룰 수 없을 것입니다. 말린 자두와 쇠고기 요리로는 척추의 등불을 켤 수 없습니다. 우리 모두는 '아마도' 천국에 갈 것이고, '바라옵건대' 반다이크는 다음 모퉁이에서 우리를 만나게 되겠지요. 하루의 일과를 끝낸 뒤, 저녁으로 쇠고기와 말린 자두를 먹게 된다면 이렇게나 모호하면서 한정적인 마음이 되는 법입니다.

과학을 가르치는 내 친구는 다행히 개인 찬장을 가지고 있었고, 그 안에는 작은 술병과 유리잔이 있었습니다. (하지만 술을 마시려면 넙치와 자고새 요리 정도는 있어야 할 텐데 말이지요.) 그래서 우리는 난롯가로 의자를 옮기고는 ㄱ곳에 앉아 그날 입은 상처를 어느 정도 치유할 수 있었습니다. 이내 우리는 호기심과 흥미를 유발하는 온갖 주제에 대해 자유로이 떠들기 시작했습니다. 특정한 사람이 없을 때는 입을 닫았다가도 누군가와 있게 되면 자연스럽게 나오는 주제였습니다. 누가 결혼했고 누가 하지 않았다더라, 누구는 이런 생각을 하고 누구는 다른 생각을 한다더라, 어떤 이는 두루두루 지식을 섭렵해 발전을 이루고 어떤 이는 생각지도 못하게 타락하게 되었다는 이야기부터 인간의 본성에 대한 주제와 우리가 사는 세상의 본질까지 자연스럽게 생각의 타래를 이었지요.

하지만 이런 이야기를 나누며 나에게 일종의 어떤 흐름이 덮쳐 와 부끄럽게도 모든 대화를 나름의 결말로 이끌어가고

있다는 것을 의식하게 되었습니다. 스페인이나 포르투갈에
대한 이야기를 할 때도, 경마나 책에 관한 이야기를 할 때도,
심지어 무슨 이야기를 하더라도 나의 관심은 단지 500년 전
교회당의 높은 지붕에서 일하던 석공들의 모습에 쏠려 있었
습니다. 또한 왕과 귀족들은 큰 주머니에 보물을 담아 와 땅
속으로 쏟아 붓고 있었습니다. 이런 장면들이 내 머릿속을 맴
돌았습니다. 또한 야윈 암소와 진흙투성이 시장, 시든 야채,
나이 든 수전노의 심장을 닮은 말린 자두가 떠올랐습니다. 이
런 광경들은 말 그대로 터무니없는 것이었으며 어떤 연관도
없었지만, 끊임없이 내 머릿속을 헤집다가 이내 나를 완전히
사로잡고 말았습니다. 결국 우리의 대화를 어긋나지 않게 만
들기 위한 최선의 방법은 내 머릿속에 있는 것을 밖으로 꺼
내놓아야 하는 것이었습니다. 운이 좋다면 이 상념은 마치 윈
저 궁에서 관을 열었을 때 그 안에 들어 있던 죽은 왕의 머리
처럼 산산이 부서져 흩어지게 될 것입니다. 나는 시튼 양에게
간략히 이야기를 꺼냈습니다. 몇백 년에 걸쳐 높은 지붕에서
일해 오던 석공들과 보물을 짊어지고 와 땅속에 퍼부은 왕과
귀족에 대한 이야기를. 오늘날에는 예전 그들이 보물을 내려
놓았던 자리에 재계의 거물들이 수표와 증권을 내려놓는다
는 것을. 이 모든 것은 저쪽에 있는 대학의 발밑에 있다는 점
을 말이지요. 하지만 우리가 지금 앉아 있는 이 여자 대학은,
붉은 벽돌과 정돈되지 않은 정원의 발밑에는 무엇이 있을까

요? 우리가 저녁 식사에서 썼던 민무늬 그릇의 이면에는 어떤 힘이 존재하는 것일까요? 또 (나는 미처 멈추지 못한 채 이런 말을 해 버렸습니다.) 쇠고기와 커스터드와 말린 자두의 이면에는 어떤 힘이 존재하는 것일까요?

"그래요. 1860년경이었지요."라고 메리 시튼이 말했습니다. "하지만 이미 다 알고 있는 이야기 아닌가요." 그녀는 다시 이런 설명을 하는 것이 귀찮은 듯했습니다. 그녀는 내게 이런 이야기를 해 주었지요. 방을 빌렸고, 여러 위원회를 찾아다녔지요. 편지를 보내고, 안내문을 썼지요. 여러 회의가 열렸고, 답신들을 읽었지요. 평범한 어떤 이는 거금을 내놓겠다고 했지만, 재산가인 어떤 이는 한 푼도 내지 않겠다고 하더군요. 심지어 〈새터데이 리뷰〉지는 너무나 무례했지요. 그러니 임금을 지불할 수 있는 돈을 어떻게 모을 수 있었겠어요? 바자회라도 열어야 할까요? 맨 앞줄에 예쁜 소녀라도 앉혀야 하는 것일까요? 존 스튜어트 밀[자유주의 페미니즘의 시조로 불리는 영국의 철학자이자 정치 경제학자]은 이 문제에 대해 어떤 말을 했는지 찾아 봐야겠습니다. "어떤 지(誌)의 편집자에게 이 편지를 실어 달라고 부탁할 수 있는 사람이 있을까요? 어떤 부인에게 부탁한다면 편지에 서명해 줄 것 같은데요. 아, 그 귀부인은 출타 중이라네요……." 아마도 60년 전에는 이랬을 겁니다. 이후에도 엄청난 노력과 막대한 시간을 쏟아야 했지요. 그렇게 오랜 어려움과 투쟁을 겪은 후

에야 겨우 3만 파운드를 모을 수 있었습니다. 그러니 우리가
포도주와 새 고기를 먹지도 못할뿐더러 머리에 쟁반을 이고
다닐 하인조차 구하지 못하리란 것은 불 보듯 뻔한 일이라
고 메리 시튼은 말했지요. 또한 그녀는 어느 책을 인용하며
"쾌적한 시설은 조금 더 기다려야만 할 겁니다."라고도 말했
지요.

여성들이 1년 내내 일해도 2,000파운드를 모으는 것조차
어렵다는 것을 떠올리며, 또한 3만 파운드를 모으기 위해 그
들이 기꺼이 겪었을 노력을 떠올리며, 우리는 비난받아 마땅
한 여성의 빈곤이라는 현실에 경멸을 퍼부었습니다. 대체 우
리 어머니들은 그때 무엇을 하고 있었기에 우리에게 아무런
재산도 남겨 주지 못한 것일까요? 단지 콧잔등에 분을 바르
고 있었을까요? 상점의 진열장을 들여다보고 있었던 것일까
요? 아니면 몬테카를로[모나코에 있는 휴양 도시]에서 일광
욕이라도 즐겼던 것일까요? 마침 벽난로 선반 위에 몇 장의
사진이 있었습니다. 저것이 메리 어머니의 사진이라면, 또한
그녀에게 여유 시간이 있었더라면 (그녀는 목사와 결혼한 후 열
세 명의 아이를 낳았다고 합니다.) 꽤 낭비하는 생활을 했을지도
모르겠습니다. 하지만 어쩐지 낭비하는 생활을 한 사람치고
는 그녀의 얼굴에서 명랑함과 즐거움의 흔적을 전혀 찾아볼
수 없었습니다. 그녀는 수수한 노부인이었습니다. 격자무늬
숄을 어깨에 두르고는 커다란 카메오[장신구의 일종]로 고

정한 모습이었지요. 또한 그녀는 버드나무로 엮은 의자에 앉아 스패니얼에게 카메라를 보게 하고 있었는데, 만약 그 가운데 셔터가 터진다면 스패니얼이 놀랄 것을 확신하는 듯 즐거우면서도 긴장된 표정을 지니고 있었습니다.

자, 만약 메리의 어머니가 사업을 했다면 어땠을까요? 인조 비단을 만드는 공장주나 증권계의 거물이 되었다면, 그래서 2~30만 파운드 정도를 퍼넘에 기꺼이 기부했다면 어땠을까요? 그렇다면 오늘 밤 우리는 편하게 앉아 고고학이나 식물학, 인류학이나 물리학, 원자의 성질이나 수학, 천문학이나 상대성 이론, 지리학 등을 주제로 대화를 나누고 있었을지도 모르겠습니다. 또한 시튼 부인과 그녀의 어머니가 그늘의 아버지나 할아버지가 그랬듯이 많은 돈을 버는 기술을 배워 유산을 남겼다면, 그래서 그들과 같은 성을 지닌 이들에게만 쓰일 연구비와 교수 기금과 각종 장학 기금을 남겼더라면, 오늘 밤 우리는 이 자리에서 포도주와 새 요리를 즐기며 훌륭한 만찬을 했을지도 모릅니다. 그렇게 우리는 풍족한 대우를 받는 전문직이라는 은신처에서 즐겁고 명예로운 인생을 보낼 수 있다는 생각을 당당히 품었을 것입니다. 지나친 소망이라는 생각은 추호도 하지 않았을 것입니다. 만약 그랬다면 지금 우리는 어느 곳으로 탐험을 떠나거나 혹은 글을 쓰고 있을지도 모르겠군요. 또한 온 세상의 유서 깊은 곳들을 아무 목적 없이 거닐 수도 있을 것이고, 파르테논 신전의 층계에서 사색에 잠길 수도 있을 것입니다. 아침 10시가 되면 출근했다가 오후 4시 30분 정도에 편안히 집으로 돌아와 시를 쓸 수도 있었겠군요. 다만 시튼 부인 같은 여성이 15세 정도에 사업 전선에 뛰어들었다면—이 부분 때문에 우리의 대화는 난관에 빠졌습니다.—아마 메리는 태어나지 않았을 것입니다. 나는 이에 대해 어떻게 생각하는지 메리에게 물어보았습니다.

커튼 사이로 고요하면서도 감미로운 10월의 밤이 비쳤습니다. 노랗게 물드는 나뭇잎 사이로 별이 한두 개 걸려 있었습니다. 만약 퍼넘에 5만 파운드를 한번에 기부할 수 있는 재력이 그녀에게 주어진다면, 메리는 자신이 늘 자랑해 오던 스코틀랜드의 맑은 공기와 맛있는 케이크를, 그리고 어린 시절 같이 놀고 뒹굴던 기억을 (그들은 대가족이었지만 무척 화목한 집안이었습니다.) 포기할 수 있을까요? 대학 기금을 기부하기 위해서는 어쩔 수 없이 가족 구성원을 줄일 수밖에 없었을 테니까요. 막대한 재산을 모으며 열세 명의 아이를 낳는 것은 정말 누구도 해낼 수 없는 일일 겁니다. 나는 이런 사실도 고려해 보자고 그녀에게 말했지요. 우선 아기가 태어나려면 아홉 달 정도의 시간이 필요합니다. 아기가 태어난 이후에는 젖을 먹이는 데 대략 서너 달을 쏟아야겠지요. 그 이후에는 아기와 놀아 주는 데 족히 5년은 넘게 걸릴 겁니다. 아이들이 제 멋대로 거리를 뛰어다니게 할 수는 없겠지요. 러시아에서 아이들이 마음대로 뛰어다니는 것을 본 적이 있는 사람들은 그 모습이 썩 좋지 않았다고 이야기하지요. 더구나 인간의 성격은 대략 한 살부터 다섯 살 사이에 형성된다고들 하지요. 나는 물었습니다. 만약 당시에 시튼 부인이 돈을 벌고 있었다면, 당신은 놀고 뒹구는 기억을 가질 수 있었을까요? 스코틀랜드의 맑은 공기와 맛있는 케이크, 혹은 그 밖의 다른 기억들 또한 가질 수 있었을까요? 이런 질문 자체가 무의미할지도 모릅니다. 메리는 태어나지 않았을지도 모르니까요. 더구나 시튼 부인 같은 분들이 크나큰 재산을 모아서 대학의 기틀을 마련하는 데 그 재산을 기부했다면 어떻게 됐을지 같은 질문도 마친가지입니다. 애초에 그분들이 돈을 번다는 것은 불가능한 일이고, 설령 돈을 벌 수 있었다 하더라도 그 돈을 소유할 권리가 법적으로 부여되지 않았기 때문이지요. 시튼 부인이 적게나마 자신의 돈을 소유할 수 있게 된 것은 불과 48년 전의 일입니다. 그 이전에 수백 년 동안은 모두 남편의 소유였습니다. 이런 생각도 시튼 부인 같은 분들이 증권 거래소에서 멀어지는 데 한몫했을 것입니다. 그분들은 이렇게 말했을지도 모릅니다. "돈을 벌면 뭐하나. 버는 족족 전부 빼앗길 것이고, 현명한 내 남편이 알아서—아마도 베일리얼 칼리지나 킹스 칼리지[각각 옥스퍼드 대학과 케임브리지 대학의 칼리지. 당시 남자만 다닐 수 있었음]에 장학 기금이나 연구원 기금을 기부하는 데—사용하겠지. 그러니 돈을 버는 건 내게 흥미로운 일이 아니야. 차라리 남편에게 일임하는 게 낫겠네."

스패니얼을 보고 있는 부인에게 책임이 있든 없든, 어쨌든 이러저러한 이유 때문에 우리 어머니들이 일을 매우 잘못 처리했다는 점은 분명합니다. '쾌적한 시설'을 위해 쓸 돈이라고는 단 한 푼도 남기지 못했으니까요. 자고새 요리와 포도주, 교구 관리와 잔디밭, 서적과 고급 담배, 도서관과 여가 시설 같은 것 말입니다. 그저 척박한 땅에 메마른 건물을 쌓아 올리는 것이 그들이 할 수 있는 전부였습니다.

우리는 그렇게 창가에 서서, 수천 명의 사람들이 매일 밤 그러하듯이 아래로 보이는 이 소문난 도시의 둥근 지붕과 탑들을 내려다보며 이야기를 나누었습니다. 그것들은 가을의 달빛을 받아 매우 신비롭고도 아름답게 보였습니다. 건물의 오래된 돌은 무척이나 하얗고 숭고하게 다가왔습니다. 그곳 아래에 모여 있을 모든 책, 널빤지로 장식된 방에 걸린 고위 성직자와 유명 인사들의 초상화, 포장도로 위로 괴이한 공과 초승달 문양을 비치는 채색된 창문들, 기념패와 기념비, 여러 비문(碑文), 분수와 잔디밭, 고요한 안뜰이 보이는 방들을 떠올렸지요. 그리고 (부디 이런 생각을 하는 것을 용서하십시오.) 경탄을 자아내는 담배와 술, 푹신한 소파와 산뜻한 카펫을 떠올렸습니다. 또 사치와 개인의 생활, 공간이 빚어내는 세련됨, 쾌적함, 품위를 떠올렸습니다. 분명 우리 어머니들은 이런 것과 견줄 수 있는 그 어떤 것도 우리 세대에게 물려주지 않았습니다. 3만 파운드조차 모으기 힘들었던 어머니들, 영국 세 인트앤드루스에서 목사와 결혼한 뒤 열세 명씩이나 아이를 낳았던 우리의 어머니들 말입니다.

나는 숙소로 가기 위해 어둑한 거리를 걸으며, 일과를 마친 사람들이 그러하듯이 이런저런 일들을 골똘히 생각해 보았습니다. 왜 시튼 부인은 우리에게 한 푼도 남기지 않았던 것인가. 가난은 우리의 마음에 어떤 영향을 주는가. 또한 부 (富)는 우리의 마음에 어떤 영향을 주는가를 떠올렸습니다. 그날 아침에 보았던, 어깨 위에 모피로 만든 술 장식을 늘어뜨린 노신사들도 떠올렸습니다. 어떤 이가 휘파람을 분다면 그들 중 한 명이 딜러온나는 사실도 생각났습니다. 교회당에서 울리던 오르간과 도서관의 닫힌 문도 떠올렸습니다. 닫힌 문밖에 서 있는 일은 얼마나 불쾌한 일인지, 어쩌면 그 문 안에 있는 것이 더 기분 나쁠 수도 있겠다고 생각했습니다. 어떤 성(性)의 번영과 안정, 반면 이와 다른 성(性)의 빈곤과 불안정을 생각했습니다. 또한 작가의 정신에 전통 혹은 전통의 결핍이 미치는 영향을 생각하며, 나는 오늘 겪었던 여러 이야기와 분노를 구겨진 껍데기에 말아 울타리 쪽으로 내던져야겠다고 여겼습니다. 푸르고도 광활한 하늘에는 어느새 수많은 별이 반짝이고 있었습니다. 나는 이해하기 어려운 사회에 혼자 버려진 듯한 느낌이 들었습니다. 하지만 사람들은 모두 잠에 든 채 아무 말도 없었지요. 옥스브리지에는 누구 하나 모습을 비추지 않았습니다. 호텔 문은 보이지 않는 손이 작용하기로 한 듯 갑자기 열렸으며, 나를 침대로 안내하기 위해 불을 비춰 줄 사람 또한 없었습니다. 너무 늦은 시간이었던 탓입니다.

2

여러분이 내 이야기와 계속 함께해 주시겠다면, 이제 배경이 바뀌었다는 것을 기억하시기 바랍니다. 여전히 낙엽은 떨어지고 있지만, 이곳은 옥스브리지가 아닌 런던입니다. 또한 다른 수천 개의 방들처럼 창문 밖으로 모자를 쓴 사람들과 자동차, 화물차가 오가고 그 너머로 다른 집의 창문이 보이는 방을 떠올려 주기 바랍니다. 방 안의 탁자에는 하얀 종이가 놓여 있고, 그 위에는 '여성과 소설'이라는 글만이 크게 쓰여 있습니다. 옥스브리지에서 오찬과 석찬에 참석했고, 그 과정에서 느꼈던 여러 생각 때문에 나는 이제 대영 박물관에 가야 할 것만 같았습니다. 내가 받았던 모든 인상 중에서 개인적이며 우연적인 것을 걸러 내어 순수한 액체, 즉 진실을 담고 있는 정제유를 추출해야만 했습니다. 옥스브리지에서 있었던 일과 그곳에서의 오찬과 석찬 때문에 내 의문들이 벌 떼처럼 몰려왔기 때문이지요. 왜 남자들은 포도주를 마시고 여인들은 물을 마시는 것인가? 어떤 이유에서 남자들은 부유하고 여인들은 곤궁한가? 가난은 소설에 어떤 영향을 끼치는가? 하나의 예술 작품을 만들기 위해서는 어떤 조건들이 필요한가? 하지만 내게 필요한 것은 질문이 아닌 해답이었습니다. 그리고 그 해답을 얻기 위해서는 무수한 논쟁과 육체적 장애를 극복하고 자신들의 추론과 연구 결과를 책으로 남긴, 박식하고 견해가 치우치지 않은 사람들의 의견을 참조해야 했습니다. 그 책은 바로 대영 박물관에서 찾을 수 있는 것입니다. 나는 공책과 연필을 집어 들며, 대영 박물관의 서가에서 진실을 찾을 수 없다면 어느 곳에서도 찾을 수 없을 것이라고 여겼습니다.

나는 준비를 마친 뒤 진실을 탐구하겠다는 마음으로 당당하게 밖으로 나섰습니다. 비가 내리지 않은 날이었지만, 분위기는 꽤나 음산했습니다. 박물관 근처의 거리에서는 저마다 입을 벌린 석탄 투입구 안으로 석탄 자루들이 쏟아지고 있었습니다. 곧 그곳에 사륜마차가 멈춰 서더니 끈으로 묶인 상자를 도로 위에 내려놓았습니다. 그 안에는 돈이나 피난처를 구하기 위해 혹은 겨울철 블룸즈버리[대영 박물관이 있는 런던의 도심]의 하숙집에서 구할 만한 일용품을 얻기 위해 스위스나 이탈리아에서 온 어느 가족의 옷가지가 들어 있을 법했지요. 매번 목이 쉬어 보이는 남자들은 손수레에 농작물을 실은 채 거리를 활보했습니다. 어떤 이는 소리를 질렀고, 어떤 이는 노래를 불렀지요. 런던은 공장이나 기계 같았습니다. 우리는 앞뒤로 떠밀려 다니며 아무 무늬도 없는 바탕에 무늬를 그려 넣는 듯했습니다. 이제는 대영 박물관조차 그 공장의 어떤 부분에 불과하다고 느껴졌지요. 이내 자동문이 열리고, 나는 거대한 돔 아래로 들어서게 되었습니다. 그러자 나는 마치 스스로가 유명한 이름들로 에워싸인 거대한 대머리에 들어간 하나의 작은 생각처럼 느껴졌습니다. 나는 카운터로 가서 종이 한 장을 받고, 도서 목록을 펼쳤지요. 그리고……이 다섯 개의 점은 너무나 당황스럽고 망연자실했던 5분 동안을 나타냅니다. 여러분은 한 해 동안 여성에 관한 책이 얼마나 출판되는지 아십니까? 그리고 그 가운데 남자가 쓴 책이 얼마나 많은지 아십니까? 여러분이야말로 이 우주에서 가장 많이 논의되는 동물이라는 사실을 알고 계십니까? 나는 공책과 연필을 집어 들 때만 해도 반나절 동안 책을 읽으면 아침이 끝날 무렵에는 공책에 진리를 옮겨 담을 수 있을 것이라고 생각했습니다. 하지만 이렇게나 많은 책을 다 읽으려면, 적어도 가장 오래 산다는 코끼리나 눈이 가장 많다는 거미가 되어야 할 것 같았습니다. 아니, 진리의 껍질을 뚫는 것만 하더라도 강철로 된 발톱과 황동으로 된 부리가 필요할 듯했지요. 이토록 무수한 종이 사이에 묻혀 있는 진리의 알갱이들을 과연 어떻게 발견할 수 있을까요?

　나는 절망에 사로잡힌 채 길게 적힌 도서 목록을 위아래로 훑어보았습니다. 우선 책의 제목들이 내게 생각거리를 주었습니다. 어떤 성(性)과 그것의 본질을 탐구하는 것은 의사에게나 생물학자들에게는 분명 매력적인 주제일 것입니다. 하지만 놀랍도록 설명하기 어려운 사실은 여성이라는 주제에 대해 유쾌한 글을 쓰는 수필가나 글재주가 좋은 소설가, 석사 학위를 취득한 젊은 남자처럼 여성이 아닌 점을 제외하면 어떤 자격도 없는 남자들이 관심을 둔다는 것입니다. 이 중 어떤 책은 표면적으로만 볼 때 경박스럽고도 익살스러웠습니다. 하지만 대다수는 너무나 진지하고 예언이며 도덕적인 권고를 담은 책이었습니다. 나는 그저 책 제목을 읽는 것만으로도, 연단 혹은 설교대에 올라 보통 한 가지 주제에 할당되는 시간을 훨씬 초과해서 말을 늘어놓는 무수한 교장 선생님과 목사님의 모습이 떠오를 지경이었습니다. 너무나 신기하고도 낯선 현상이었습니다. 또한 명백히—이때 나는 M(Male)이라는 글자를 유심히 찾아보았습니다.—남자들에게만 국한되는 현상이었습니다. 여성들은 남자에 대한 책을 쓰지 않습니다. 나는 이 사실에 대해 안도감을 느끼면서도 마냥 기뻐할 수만은 없었습니다. 왜냐하면 만약 남자가 여성에 대해 쓴 책을 모두 읽고 그다음에 여성이 남자에 대해 쓴 책을 읽어야 한다면, 내가 그 책들을 모두 읽고 글을 쓰기 위해서는 대략

100년에 한 번 정도 꽃이 핀다는 알로에 꽃을 두 번은 보아야 했으니 말입니다. 그래서 임의로 12권 정도를 고른 나는 진실을 추구하는 다른 사람들 틈에 끼어 대출 신청서를 제출하고 책이 오기를 기다렸습니다.

이 기이한 불균형은 무엇 때문에 생기는 것인가. 나는 영국 납세자들의 세금으로 마련된 대출 신청서 위에 엉뚱하게도 낙서하며 그 이유를 생각해 보았습니다. 도서 목록만 두고 보았을 때, 왜 남자들이 여성에 대해 갖는 관심이 그 반대의 관심보다 더 큰 것일까요? 그 이유가 궁금해진 나는 여성에 대한 책을 쓰며 시간을 보내는 남자들의 모습을 상상해 보았습니다. 그들이 나이가 많든 적든, 미혼이든 기혼이든, 코가 빨갛든 등이 굽었든 간에 어쨌든 관심의 대상이 된다는 것은 막연하게라도 기분 좋은 일이었습니다. 더구나 그런 관심을 기울이는 사람은 심하게 늙지도, 몸이 쇠약하지도 않으니 말이지요. 이런 경박한 생각을 하던 중 내 앞에 책들이 산사태처럼 쏟아졌습니다. 이제부터 고난이 시작되는 것입니다. 옥스브리지에서 연구 방법에 대해 훈련받은 학생이라면, 양(羊)을 우리로 몰아가듯 자신의 물음을 흐트러지지 않게 다독거려 곧장 해답을 이끌어 낼 수 있었겠지요. 예를 들어 지금 내 옆에 앉아 있는 학생은 어떤 과학 책을 부지런히 베끼며, 약 10분마다 순수한 금괴를 캐내고 있었습니다. 그가 만족스러운 듯 나지막이 내는 소리가 이에 대한 방증이었지요.

하지만 불행히도 대학 교육을 받지 못한 사람이라면, 그런 질문은 양을 우리로 몰아가기는커녕 사냥개에 쫓겨 겁을 먹은 새들처럼 어쩔 줄 모른 채 이리저리 날아다니게 되는 것입니다. 교수, 교장 선생님, 사회학자, 종교인, 소설가, 수필가, 언론인…… 이뿐만 아니라 여성이 아니라는 점을 제외한다면 어떤 다른 자격도 없는 사람들은 왜 '여성은 왜 가난한가?'라는 질문에 대한 답을 좇는 것인가. 그 의문을 좇다 보니 하나의 의문은 어느덧 50가지의 의문이 되었고, 그 의문들은 강물 한가운데로 뛰어들어 멀리 떠내려갔습니다. 나는 서둘러 공책의 페이지마다 메모를 썼습니다. 그때 내가 어떤 마음이었는지 보여 주기 위해 그때 써 두었던 메모 몇 개를 읽으려고 합니다. 공책의 맨 위에는 정자(正字)로 '여성과 가난'이라는 글씨가 쓰여 있고, 그 아래에는 이런 내용이 있습니다.

중세 시대 ……의 상황

피지 섬에서 ……가 지닌 습관

……에 의해 여신으로 숭배됨

……보다 도덕의식이 약함

……의 이상주의

……가 상대적으로 더 양심적임

남태평양 제도의 사람 중 ……의 사춘기 나이

……가 지닌 매력

……에 의해 제물로 바쳐짐

……의 작은 두뇌

……가 지닌 심오한 잠재의식

……의 신체에 털이 더 적음

……의 정신적, 도덕적, 신체적인 열등

……가 지닌 아이들에 대한 사랑

……이 더 오래 삶

……은 근육이 약함

……가 지닌 깊은 애정

……가 지닌 허영심

……의 고등 교육

……에 대한 셰익스피어의 견해

……에 대한 버컨헤드 경의 견해

……에 대한 사제장 잉의 견해

……에 대한 라 브뤼예르의 견해

……에 대한 존슨 박사의 견해

……에 대한 오스카 브라우닝의 견해

　여기서 나는 잠시 숨을 돌리고는 여백에 이런 내용을 덧붙
였습니다. 왜 소설가 새뮤얼 버틀러는 "현명한 사람[이 맥락
에서는 사람을 남자로 한정함]은 여성에 대해 생각하는 바를
절대 말하지 않는다."라고 썼을까. 사실 현명한 사람들은 여

성뿐만 아니라 다른 어떤 것에 대해서도 분명히 말하는 법이 없지요. 나는 그런 생각을 하다가 의자에 앉은 채 몸을 젖히고는 높은 돔을 올려다보았습니다. 그러니 그만 여러 생각이 뒤얽히고 말았습니다. 불행한 사실은 제아무리 현명한 사람들도 여성에 대해서만큼은 절대 같은 생각을 가지지 않는다는 것이지요. 시인 알렉산더 포프는 이런 말을 했습니다.

대부분 여성은 성격 자체를 지니지 않는다.

한편 철학자 라 브뤼예르는 이런 말을 했습니다.

여성은 극단적이다. 그들은 항상 남성보다 우월하거나 열등하다.

동시대를 살았던 두 명의 예리한 관찰자는 이렇게나 전적으로 상반되는 의견을 보였습니다. 여성이 학문을 닦을 능력이 있는 것인가? 나폴레옹은 그럴 수 없다고 했지만, 존슨 박사의 생각은 달랐습니다. 여성은 영혼을 가지고 있는가? 어떤 이들은 여성에게 영혼이 없다는 야만적인 말을 합니다. 하지만 어떤 이들은 여성이 적어도 반 이상은 신적인 존재이기에 그들을 숭배해야 한다고 주장합니다.

또 어떤 이들은 여성의 지적 능력이 떨어진다고 말하지만,

어떤 이들은 여성의 의식이 심오하다고 말합니다. 괴테는 여성을 찬미했지만, 무솔리니는 여성을 경멸했습니다. 어느 곳을 둘러보아도 남자들은 줄곧 여성을 생각했고, 그 생각은 너무나도 판이했습니다. 나는 이 모든 것을 이해하는 것은 불가능하다는 결론을 내리며, 글머리에 A, B, C를 달면서 내용을 깔끔하게 정리하는 옆자리 학생을 부러운 눈빛으로 바라보았습니다. 그것에 비해 내 공책은 모순되는 내용들을 어지러이 휘갈겨 쓴 것이기 때문이었지요. 비참했고, 혼란했으며, 수치스러웠습니다. 진실은 어느새 내 손가락 사이로 빠져나가 버렸습니다. 하나도 남김없이 달아나고 만 것입니다.

차마 '여성과 소설'에 대한 지대한 언구의 내용으로 여성은 남성보다 털이 적다거나, 남태평양 제도 주민들은 보통 9세(아니면 90세일지도 모르겠군요. 내 글씨는 이미 너무 어지러이 적혀 있어 알아볼 수 없을 지경이었습니다.)에 사춘기가 시작된다는 등의 내용을 적을 수는 없었습니다. 오전 내내 작업하고도 중요하거나 괜찮은 결과를 얻을 수 없다는 것은 무척 부끄러운 일이었습니다. 그러니 지금 집으로 돌아갈 수는 없었습니다. 만약 W(나는 간결한 표현을 위해 여성을 이렇게 부르기로 했습니다.)에 대한 진실을 발견하지 못한다면, 미래의 W에 대해 고민한들 무슨 소용이 있겠습니까? 여성과 여성이 미치는 영향(그것이 정치든 아동이든 임금이든 도덕이든)에 대한 학식이 넘치는 남자들이 아무리 많더라도, 그들의 의견을 참조하는 것은 순전히 시간 낭비인 듯했습니다. 그래서 그들의 책은 열지 않고 그대로 내버려 두는 것이 좋겠다고 생각했습니다.

이러한 생각에 빠져드는 동안, 나는 무기력과 절망감에 휩싸여 나도 모르게 어떤 그림을 그리고 있었습니다. 옆자리의 학생처럼 결론을 적어야 할 곳에 말입니다. 나는 어떤 얼굴이자 형체를 그리고 있었습니다. 그것은 '여성의 정신적, 도덕적, 신체적 열등'이라는 제목을 붙인, 그의 기념비적 연구를 하는 데 몰두한 X 교수의 모습이었습니다. 내가 그린 모습으로 본다면 그는 분명 여성들이 매력을 느낄 만한 형체는 아니었습니다. 육중한 몸집에 늘어진 턱살, 이에 조화라도 이루려는 듯 눈은 무척 작았고, 얼굴은 매우 불그스레했습니다. 그는 글을 쓰는 동안 해로운 벌레를 죽이려는 듯 감정에 휩싸여 펜을 종이에 꾹꾹 누르고 있었습니다. 하지만 설령 벌레를 죽였다 하더라도 그는 만족할 수 없었을 것입니다. 끊임없이 벌레를 죽여야만 할 것입니다. 그렇게 하더라도 그의 분노와 짜증을 유발하는 요인은 여전히 남아 있을 듯했습니다. 나는 물었습니다. 그것은 아내 때문일까? 혹시 아내가 기병대 장교와 사랑에 빠진 것은 아닐까? 그 장교는 우아하고 날씬한 데다가 아스트라한[러시아의 아스트라한 지방에서 나는 직물이나 털가죽의 통칭]이라도 입은 것일까? 프로이트의 이론을 생각해 봤을 때, 그는 혹시 아기 때 어떤 예쁜 여자아이의 조롱거리가 된 것은 아니었을까? 그는 요람에 누워 있을 때도 그리 예쁜 아기는 아니었을 테지요. 그 이유가 무엇이 되었든 여성의 정신적, 도덕적, 신체적 열등에 대한 위대한 연구를 한다는 교수의 얼굴은 매우 성나고 추하게 그려졌습니다. 그림을 그리는 것은 아무 소득도 없는 오전 작업을 마무리하기에는 다소 나태한 일이었습니다. 하지만 침잠하는 진실은 때때로 나태함과 공상(空想)을 통해 수면 위로 드러나는 법입니다. 정신 분석이라는 거창한 용어를 쓰지 않더라도, 나는 그저 심리학에 대한 기초적인 훈련을 받은 것만으로 그 교수의 분노한 얼굴은 곧 나의 분노라는 사실을 알았습니다. 내가 공상에 빠지는 동안 분노가 내 연필을 좌지우지한 것입니다. 하지만 그 분노는 대체 그림 안에서 무엇을 하고 있었을까요? 흥미로움, 당황스러움, 즐거움, 지루함 같은 감정들이 오전 내내 지나갈 때, 나는 그것들을 쉽게 구분할 수 있었습니다. 그 감정들 사이에 분노라는 검은 뱀이 잠복하고 있었던 것일까요? 그렇습니다. 그 그림은 내게 그 안에 분노가 있었다고 말해 주었습니다. 그 그림은 내 어두운 감정을 일깨운 한 권의 책, 하나의 글귀를 보고 난 결과였습니다. 그것은 여성의 정신적, 도덕적, 신체적 열등에 대한 그 교수의 의견이었습니다. 불현듯 심장이 요동치고, 뺨은 화끈거렸습니다. 분노의 감정은 내 얼굴을 벌겋게 만들었습니다. 조금 바보 같기는 해도 딱히 이상할 것은 없었습니다. 거친 숨을 몰아쉬며 기성품 넥타이를 맨 채 2주씩이나 면도하지 않은 것 같은 얼굴을 지닌 저 남자아이(나는 잠시 그 학생을 바라보았지요.)보다 자신이 천성적으로 열등하다는 말은 듣기 좋을 리 없었으니까요. 인간에게는 어떤 어리석은 허영심이 있기 마련입니다. 하지만 나는 단지 그것이 인간의 본성일 뿐이라고 여기며, 분노에 가득 찬 교수의 얼굴 위에 수레바퀴와 동그라미를 그리기 시작했습니다. 이윽고 교수의 얼굴은 불이 타오르는 덤불 혹은 타오르는 혜성같이 보였습니다. 어떻게 보든 그의 얼굴은 인간의 형체라고 볼 수 없는 환영(幻影)이 된 것이지요. 이제 그 교수는 커다란 햄프스테드 히스 공원의 꼭대기에서 타오르는 장작일 뿐이었습니다.

그렇게 나는 분노의 원인을 찾을 수 있었고, 이는 곧 사그라졌습니다. 하지만 나에게는 한 가지 궁금증이 남아 있었습니다. 그뿐 아니라 다른 교수들의 분노는 어떻게 설명할 수 있을까? 그들은 왜 분노했던 것일까? 이러한 책들을 읽은 후의 느낌을 분석했을 때, 그 안에는 항상 열기가 존재했습니다. 여러 가지 형태를 띤 이 열기는 때때로 풍자, 감상, 호기심, 질책을 통해 드러났습니다. 하지만 이 열기에는 왕왕 드러나면서도 쉽게 파악할 수 없는 또 다른 요소가 있었습니다. 그것은 분노였습니다. 하지만 분노는 이내 지하로 모습을 숨기고는 다른 온갖 감정들과 섞여 버렸습니다. 또한 그것이 미치는 기묘한 효과로 판단했을 때, 그것은 단순하고 거리낌 없이 드러난 분노가 아닌 복합적이며 한없이 몸을 숨긴 분노였습니다.

나는 책상 위에 산더미처럼 쌓인 책들을 바라보다가 어쨌든 간에 이 책들은 모두 내 목적에 어떤 도움도 되지 않는다고 여겼습니다. 이 책들은 인간적으로는 어떤 교훈과 흥미, 피지 섬 주민들이 지닌 습관에 대한 기이한 사실을 알려 줄지는 몰라도 학문적으로는 어떤 쓸모도 없는 것이었습니다. 이 책들은 하얀빛의 진실이 아닌, 감정이라는 붉은빛으로 쓰였기 때문이지요. 그러므로 이 책들은 중앙에 있는 탁자로 되돌아가 거대한 벌집 속에 있는 자신의 위치에 놓여야 했습니다. 내가 오전 내내 작업을 통해 얻은 것은 분노라는 하나의 사실뿐이었습니다. 그 교수들(나는 그들을 통칭해 이렇게 부르기로 했습니다.)은 분명 분노하고 있었습니다. 왜 그들은 화난 것일까? 나는 책을 반납하며 스스로에게 물었습니다. 무슨 이유에서 화난 것일까? 나는 비둘기와 선사 시대의 카누가 보이는 회랑에 선 채 다시 한번 물었습니다. 나는 이러한 물음 속에 점심 식사를 할 곳을 찾아 길을 거닐기로 했습니다. 일단 분노라고 명명하기로 한 이 감정들이 본질적으로 지닌 것은 무엇일까? 나는 거듭 물었습니다. 이 수수께끼는 대영 박물관 근처에 있는 어느 작은 식당에 앉아 식사를 기다리는 동안에도 계속되었습니다. 먼저 점심을 먹었던 손님이 의자에 석간신문을 두고 간 바람에, 나는 음식을 기다리며 여유롭게 기사의 제목들을 훑어보았습니다. 아주 큰 글자들이 줄지어 지면을 가로지르고 있었습니다. 어떤 이가 남아프리카에서 대성공을 이뤘다는 소식이 있었습니다. 그보다 작은 글씨로 영국의 정치가 오스틴 체임벌린 경이 제네바에 머무르고 있다는 소식도 보였습니다. 또한 어느 지하실에서 사람의 머리카락이 붙은 육류용 도끼가 발견되었다는 소식도 있군요. 이혼 법정에서 모 재판관은 여성의 파렴치함에 대한 논평을 했답니다. 그 밖에 다른 소식도 신문 여기저기에 흩어져 있었습니다. 한 여성 배우는 캘리포니아의 어느 산꼭대기에서 몸을 축 늘어뜨린 채 발견되었다는군요. 안개가 낄 것이라는 예보도 있습니다. 이 별에 잠시 들렀다 떠날 어느 방문객이라도 이 신문의 여러 증언들을 본다면, 영국이 가부장제의 지배 하에 놓여 있다는 사실을 깨닫게 될 것입니다. 온전한 정신을 가진 사람이라면, 그 교수의 지배력을 쉽게 간파할 수 있을 것입니다. 그는 권력과 재산, 영향력을 지니고 있습니다. 그는 신문의 소유자이며 주필이고 편집자였습니다. 그는 외무부 장관이자 재판관이었습니다. 그는 크리켓 선수이자 요트와 경주마의 주인이었습니다. 그는 주주들에게 두 배의 배당금을 지급하는 회사의 중역이었습니다. 그는 자신이 소유한 대학과 자선 단체에 수백만 파운드에 달하는 기금을 남겼습니다. 여성 배우를 산꼭대기에 매단 사람도 그였습니다. 육류용 도끼에 붙은 털이 인간의 것인지 아닌지도 그가 결정할 것입니다. 살인자에게 무죄나 유죄를 선고해서 석방시킬 것인지 교수형에 처할지를 판단하는 것도 그의 몫일 것입니다. 안개를 제외하고는 모든 것을 지배할 수 있을 것만 같았습니다. 그런데도 그는 분명 화가 나 보였습니다. 바로 다음과 같은 이유로, 나는 그가 화났다는 사실을 알 수 있습니다. 나는 그가 여성에 대해 쓴 글을 읽을 때면, 그가 말하는 바가 아닌 그 사람 자체를 생각해 봅니다. 감정에 치우치지 않고 공정한 논쟁을 할 수 있는 사람은 오직 그 논쟁 자체에만 집중합니다. 그렇다면 독자도 오롯이 논쟁의 타당성만을 생각하게 되겠지요. 그가 공정하게 여성에 대한 글을 썼다면, 누구도 반박할 수 없는 증거를 통해 자신의 주장을 펼쳤더라면, 그 결과는 다른 것이 아닌 비로 이것이어야만 한다고 말한 흔적을 보이지 않았더라면, 이를 읽는 사람도 마냥 분개할 수는 없었을 것입니다. 완두콩은 녹색 빛을 띠고, 카나리아는 노란빛을 띤다는 사실을 아는 것처럼 순순히 받아들였을 것입니다. "그렇군."이라고 말할 수 있었을 것입니다. 하지만 그가 분개했기 때문에 나 또한 분노했습니다. 그렇지만 석간신문을 보며, 나는 이 모든 권력을 가진 남자들이 화나 있다는 것은 분명 말이 안 된다고 생각했습니다. 어쩌면 분노는 권력과 붙어 다니고, 권력을 따라다니는 도깨비 같은 것은 아닐까 하는 의문마저 들었습니다. 예를 들면 제아무리 돈이 많은 사람이라도 혹여나 가난한 사람들이 자신의 재산을 빼앗아 가지는 않을까 노심초사하며 걸핏하면 화를 내듯이 말이지요. 그 교수들, 아니 더 정확히 부르자면 그 가부장(家父長)들은 어떤 부분에서는 그런 이유 때문에 분개하겠지만, 또 어떤 면으로 볼 때는 그보다 조금 덜 명확한 이유로 분개하고는 합니다.

아니, 어쩌면 그들은 전혀 '분개하지' 않았을지도 모릅니다. 실제 사적인 인간관계에서 그들은 여성에게 헌신하는 모범적인 사람들입니다. 하지만 그 교수가 여성의 열등에 대해 과도하다 싶을 정도로 주장하는 이유는 여성의 열등함보다 자신의 우월함이 훼손될 수 있다는 염려에서 비롯된 것일지도 모릅니다. 그것은 그에게 무한한 가치를 지닌 진귀한 보석이기에 그처럼 격렬하고도 지나치게 간직해 온 것이겠지요. 삶은 어느 성(性)에게나 (이때 나는 어깨를 부딪치며 각자의 길을 걸어가는 사람들을 바라보았습니다.) 몹시 고되고 힘들며 영원히 이어지는 투쟁입니다. 삶에는 실로 어마어마한 용기와 힘이 필요하지요. 더욱이 우리 인간처럼 환상을 지닌 피조물에게는 다른 무엇보다 자기 자신에 대한 믿음이 필요합니다. 그것이 없다면 우리는 그저 요람에 누워 있는 아기와 다를 바가 없습니다. 그렇다면 이 귀중하면서도 쉽게 보이지 않는 자질을 우리는 어떤 식으로 빠르게 함양할 수 있을까요? 바로 다른 이가 자신보다 열등하다고 생각하는 것입니다. 나는 태어날 때부터 남보다 우월한 면—그것은 신분이나 재산, 우뚝 솟은 콧날이나 화가 롬니가 그렸다는 할아버지의 초상화일 수도 있지요. 인간의 상상력이 만드는 애처로운 방법에는 끝이 없는 법이니까요.—이 있다고 믿으면 되는 것입니다. 그리하여 지배하고 정복해야만 하는 가부장에게 인류의 절반이 자기보다 태어날 때부터 열등하다는 생각은 꽤나 큰 중요성을 지닐 것입니다. 또한 이러한 생각은 실제로 가부장이 누리는 권력의 주요 원천 중 하나이기도 합니다.

이제 나는 이 시각으로 실재하는 일상생활을 바라보고자 했습니다. 이를 통해 우리는 일상생활의 변방에 놓인 심리적 수수께끼를 풀 실마리를 잡을 수 있을까요? 그렇게 된다면 일전에 나름 친절하고 겸손한 덕을 지닌 남자 Z 씨가 레베카 웨스트[억압받는 여성에 대한 글을 쓴 영국의 작가이자 비평가]의 저서를 겨우 한 난락 읽고는 "터무니없는 페미니스트 일세! 남자들을 속물이라 표현하다니 말이야!"라고 외쳤을 때 내가 느꼈던 놀라움을 설명하게 될 수 있을까요? 그녀가 남자에 대한 칭찬을 하지는 않았겠지만, 어쩌면 진실에 가까울 말을 했다고 해서 그녀를 터무니없는 페미니스트라고 칭할 이유가 있었을까요? 나로서는 너무나 놀라운 외침이었습니다. 하지만 그 외침은 단순히 허영심에 상처를 입은 사람이 외치는 절규가 아닌, 자기 자신에 대한 믿음을 침해당한 것에 대한 항변이었을 것입니다. 지난 수세기 동안 여성은 남자의 모습을 실제보다 두 배 정도로 확대해 반사하는 마력을 지닌 거울 같은 역할을 해 왔습니다. 그것이 없었다면 아마 지구는 여전히 늪과 정글뿐이었을 것이고, 전쟁의 과업도 알지 못했을 것입니다. 또한 우리는 여전히 양을 먹고 남은 뼛조각으로 사슴을 그리고 있거나, 부싯돌 따위를 미개한 취향에 걸맞은 단순한 장식구와 교환하고 있었을지도 모릅니다. 초인이나 '신의 손'도 절대 존재할 수 없었을 것입니다. 러시아나 로마의 황제가 왕위를 얻거나 찬탈당할 일도 없었을 것입니다. 문명사회는 그 용도가 어떻게 되었든 격렬하고 영웅적인 행위에 반드시 거울을 필요로 하는 법입니다. 바로 이런 이유로 나폴레옹과 무솔리니는 여성의 열등함을 그토록 강조했던 것입니다. 만약 여성이 열등하지 않다면, 거울은 남자를 확대할 이유가 없겠지요. 이는 남자가 그토록 빈번히 여성을 필요로 하는 현실을 부분적으로 설명할 수 있습니다. 또한 남자가 여성의 비판을 받으면 그토록 안절부절못하는 이유도 설명할 수 있지요. 어떤 책이 별로라거나 어떤 책이 형편없다는 등의 비평을 하는 화자가 여성일 때, 왜 남자들이 화자일 때보다 그들에게 더 큰 분개와 고통을 주는지도 설명됩니다. 결국 여성이 진실을 말하기 시작하면, 거울 속 형체는 점점 오그라들게 되는 것입니다. 또한 삶을 살아갈 힘도 점점 줄겠지요. 남자들이 아침저녁으로 실제보다 최소 두 배 이상 되는 자신의 모습을 보지 못한다면, 어떻게 판결을 내리고, 원주민을 교화하며, 법률을 만들고, 책을 집필하며, 정장을 차려입은 채 연회장에서 장광설을 늘어놓을 수 있겠습니까? 나는 빵을 부수고 커피를 저으며, 행인들을 바라보다가 이런 생각이 들었습니다.

거울 안에 비치는 환영은 활력을 북돋우고, 신경 조직을 원활하게 하는 역할을 하기에 그들에게는 무척 중요합니다. 그것을 빼앗는다면 남자들은 코카인을 빼앗긴 약물 중독자처럼 죽어 갈지도 모릅니다. 나는 창밖을 바라보며 이런 생각을 했습니다. 지금 저 길을 걷고 있는 사람들 중 적어도 절반은 그 환상이 선사하는 마법 속에서 일터로 가고 있지 않을까. 아침이 되면 그들은 환영이 선사하는 밝은 햇살을 받으며 모자를 쓰고 외투를 입을 것입니다. 그들은 스미스 양이 주최하는 다과 시간에 이 몸이 빠지면 안 되리라 여기며 기운차게 하루를 시작하겠지요. 그러고는 그 안에 들어설 때, 자신은 이곳에 모인 사람들 중 적어도 절반보다는 우월하다고 혼자 되뇔 것입니다. 그렇게 그의 말투에 밴 자신감은 결국 그의 공적 생활에 뜻깊은 영향을 미치고, 사적 생활의 여백에 그토록 기이한 족적을 남기게 되는 것입니다.

하지만 남성의 심리라는 위험하고도 매력적인 주제의 탐구는 (적어도 이것은 당신이 연 500파운드 이상의 수입이 있어야 연구할 수 있을 것입니다.) 식사 비용을 내야 했기 때문에 중단되고 말았습니다. 점심값은 5실링 9펜스였지요. 나는 종업원에게 10실링 지폐 한 장을 주었고, 그는 거스름돈을 가지러 걸음을 옮겼습니다. 지갑 안을 보니 10실링 지폐 한 장이 더 있더군요. 나는 그것을 잠시 눈여겨보았습니다. 내게 지갑에서

10실링 지폐가 나올 수 있는 능력이 있다는 것은 내 숨을 멎게 할 정도로 놀라운 사실이었기 때문입니다. 지갑을 열면 그 안에는 지폐가 있지요. 단지 나와 성씨가 같다는 이유로 숙모가 내게 물려주신 이 유산 때문에 나는 사회로부터 닭고기와 커피와 침대와 머물 곳을 제공받을 수 있었습니다.

내 숙모이신 메리 비튼은 어느 날 인도 봄베이로 바람을 쐬러 갔다가 그만 말에서 떨어지는 사고로 유명을 달리하셨습니다. 내게 유산을 남기셨다는 소식을 들었을 때는 여성에게 투표권을 부여하는 법이 통과되던 때쯤의 어느 밤이었지요. 어떤 변호사는 내게 편지를 보냈고, 나는 그 때문에 매년 500파운드의 유산이 상속되리라는 사실을 알 수 있었습니다. 투표권과 돈, 이 두 가지 중 내게는 돈이 훨씬 더 중요했다는 점을 인정해야겠습니다. 그간 나는 신문에 잡다한 일을 구걸하며 생계를 이어 왔습니다. 여러 신문에 어떤 결혼식이나 원숭이 쇼에 대한 기사를 쓰기도 했지요. 또한 봉투에 주소를 적는 일을 하고, 노부인들에게 책을 읽어 주며, 조화를 만들고, 유치원 학생들에게 알파벳을 가르치며 푼돈을 벌어 왔습니다. 이는 1918년 이전 여성들에게는 꽤 중요한 일자리였습니다. 아마 여러분도 이런 일을 하는 여성분들을 알 테니, 그 일의 어려움을 굳이 상세히 설명하지는 않겠습니다. 또한 여러분도 이러한 일을 해 보았을 테니, 생계를 잇는 어려움에 대해 긴 말을 하지도 않겠습니다. 하지만 이런 두 가지 어려움보다 내게 더 크게 다가온 고통은 당시 내 마음속에서 싹 튼 두려움과 비애라는 독이었습니다. 우선 항상 원치 않은 일을 하고 있다는 사실, 또한 마치 노예처럼 때때로 아양을 떨고 아첨하며 (분명 매번 그럴 필요는 없었지만, 그렇다고 가만히 있기에는 너무나 중대한 이해관계가 걸려 있었지요.) 일해야 하는 현실, 발현되지 않으면 소멸될 수밖에 없는 내 역량(너무나 보잘 것없을지라도 당사자에게는 더없이 소중한)에 대한 생각. 이 모든 것이 자신의 꽃피는 봄날을 갉아먹고, 나무를 좀먹는 녹병(綠病)처럼 다가온 것입니다.

하지만 이미 말했던 것처럼 내 숙모는 나에게 유산을 남기셨습니다. 10실링 지폐를 꺼낼 때마다 나를 갉아먹고 좀먹게 하던 두려움과 비애는 점점 사라졌습니다. 고정 수입이 불러온 변화는 실로 경이로운 것이었습니다. 이제 어느 누구도 내게서 500파운드를 빼앗을 수 없었습니다. 그렇다면 의식주는 오롯이 내 차지가 되는 것입니다. 이 유산 덕분에 내 고생은 끝났고, 비애와 증오도 사라지게 되었지요. 나는 이제 남자를 증오하지 않아도 될 것입니다. 그 어떤 남자도 나를 해칠 수 없을 테니까요. 또한 그들에게 아양을 떨 필요도 없을 것입니다. 남자들에게서 받아야 하는 것이 없으니 말이지요.

그렇게 나는 시나브로 인류의 절반인 남성에 대해 미묘하게 달라진 태도를 가지게 되었다는 것을 깨닫게 되었습니다. 어느 계급이나 성을 싸잡아 비난하는 것은 불합리합니다. 대다수 사람은 그들의 행위에 대해 책임을 물을 수 없으니까요. 그들은 각자 통제하지 못하는 본능에 휘둘릴 때가 많지요. 또한 가부장들과 교수들 역시 수많은 난관에 봉착하고 끔찍한 결함과 맞닥뜨릴 때가 옵니다. 어떤 측면으로는 그들이 받은 교육 또한 내가 받았던 교육만큼 허점투성이였지요. 나처럼 그들도 교육을 통해 사고(思考)가 자리 잡았을 테지요. 이 요소들은 그들에게 꽤나 큰 결함을 만들었습니다. 물론 그들이 돈과 권력을 가진 것은 사실입니다. 하지만 그것은 끊임없이 간을 쪼는 독수리와 허파를 먹는 매를 가슴속에 키우는 대가를 치러야만 했습니다. 다시 말해 어떤 것을 소유하고 싶은 격정적인 물욕 때문에 그들은 끊임없이 다른 사람들의 영토와 재산을 탐내고, 국경에 깃발을 꽂고, 전함과 독가스를 만들고, 자신과 아이들의 생명을 제물로 바친 것입니다. 영국의 애드미럴티 아치를 걸어 보거나 (마침 나는 이 기념비가 있는 곳에 다다랐습니다.) 전리품이나 대포가 전시된 거리를 거닐며 그곳에서 어떤 영광을 칭송하고 있는지 곰곰이 생각해 보십시오. 봄날의 햇살을 받으며 증권가 사람들과 변호사들이 그토록 많은 돈을 버는 데도 더 많은 돈을 벌기 위해 일터로 향하는 모습을 생각해 보십시오. 1년에 500파운드 정도만 있다면 따뜻한 햇살을 받으며 살기에는 충분한 데 말이지요. 나는 그런 본능을 가슴속에 담는다면 너무나 불쾌할 것만 같았습니다. 케임브리지 공작의 동상, 특히 지금껏 어떤 누구도 주목하지 않았을 모자에 꽂힌 깃털들을 바라보며, 어쩌면 나는 그러한 본능이 그들의 환경, 다시 말해 문명의 결핍에서 비롯된 것일지도 모른다는 생각이 들었지요. 이런 결함들을 분명히 이해하자 내가 느끼던 두려움과 비애는 이내 동정심과 관용으로 바뀌었습니다. 또한 1, 2년 정도 후에는 동정심과 관용마저 사라지고 자유로이 사물을 있는 그대로 바라볼 수 있게 되었지요. 예를 들면 저 건물은 내 마음에 드는가, 아닌가? 저 그림은 내게 아름다운가, 그렇지 않은가? 내 생각에 이 책은 좋은가, 나쁜가? 이런 생각들을 주체적으로 할 수 있게 된 것이지요. 그렇게 숙모의 유산은 내 앞을 가리고 있던 장막을 걷어 내 주었고, 밀턴이 우리에게 영원히 숭배하라고 이르던 신사의 위압적인 모습 대신 탁 트인 하늘을 볼 수 있도록 해 주었습니다. 나는 이런 사색을 하며 강가에 있는 집으로 향했습니다. 때마침 가로등이 켜질 때였고, 어느새 런던은 형용할 수 없는 어떤 변화에 휩싸였습니다. 마치 온종일 작업하던 크나큰 기계가 우리의 도움으로 매우 흥미롭고 아름다운 무언가를 더 만든 것 같았습니다. 그것은 빨간 눈으로 타오르는 듯한 작물, 뜨거운 숨을 내뿜으며 으르렁거리는 황갈색 괴물 같은 것이었습니다. 바람은 깃발처럼 흔들리며 집과 길거리 광고판들을 흔들리게 했습니다.

반면 내가 사는 이곳의 작은 거리는 매우 가정적인 분위기를 자아냈습니다. 집을 칠하는 일꾼은 사다리를 타고 내려오고 있었고, 보모는 조심스레 유모차를 끌다가 집 안팎을 드나들고 있었습니다. 석탄을 운반하는 일꾼은 빈 석탄 자루를 정리하고 있었으며, 야채 가게의 여성 주인은 붉은 장갑을 낀 채 하루의 수입을 계산하고 있었습니다. 하지만 나는 여러분이 내 어깨에 올려놓은 이 문제에 대해 너무나 몰두하고 있었기에, 이런 일상적인 광경을 보면서도 그것들을 어떤 하나의 중심으로 귀결시키지 않을 수 없었습니다. 이런 직업들 중 어느 것이 더 귀하고 필요한가. 이를 판단하는 일은 100년 전에도 어려웠을 테지만, 지금은 그보다 훨씬 더 어려우리라는 생각이 들었습니다. 석탄을 운반하는 일꾼이 되는 것이 나을까요? 아니면 보모가 되는 것이 나을까요? 아이 여덟 명을 키우는 보모는 몇십만 파운드를 버는 변호사보다 가치가 없는 사람일까요? 이런 질문은 해 봤자 아무 소용이 없을 것입니다. 그 누구도 해답을 내릴 수 없을 테니 말이지요. 보모와 일꾼의 가치는 시대의 변화에 따라 상대적일 수밖에 없을뿐더러 현재도 그 가치를 측정할 기준을 찾을 수 없습니다. 그러니 내가 어느 날 교수님에게 여성에 대한 그의 논의에서 반박의 여지가 없는 증거를 보여 주길 바랐던 것은 무척 어리석은 일이었지요. 설령 누군가 어느 순간에 재능을 평가한다 하더라도 그 가치는 이내 변하고 말 것입니다. 100년 후, 그 가치는 완전히 바뀌겠지요. 어쩌면 100년 뒤에는 여성이 지금처럼 보호를 받아야 하는 대상으로 머물지는 않으리라. 나는 집

현관 앞에 이르러 그런 생각도 들었습니다. 그때가 된다면 당연히 여성은 현재 가로막혀 있는 여러 활동과 궂은일에 참여할 수 있을 것입니다. 아이를 돌보던 여인은 석탄을 나를 것이고, 상점을 지키던 여인은 기관차를 운전할 것입니다. 여성이 보호의 대상일 때, 사실이라고 믿어졌던 가설은 모두 사라질 것입니다. 예를 들면 (마침 지금 한 무리의 군인들이 길을 따라 행군하고 있군요.) 여성과 목사와 정원사는 다른 사람들보다 장수한다는 가설 같은 것 말이지요. 그 보호의 장막을 걷어내고, 여성에게 남성과 똑같은 활동과 작업을 할 권한을 부여하십시오. 그래서 그들이 군인, 선원, 기관사, 부두 노동자가 되도록 하십시오. 그렇다고 과거의 사람들이 "오늘 비행기를 봤다니까!"라고 말하듯이 "오늘 여인을 봤다니까!"라고 말할 만큼 여성들이 이른 나이에 죽게 되는 일은 없을 것입니다. 나는 집의 문을 열며, 여성이 보호의 대상이 아니라면 무슨 일이든 일어날 수 있으리라 생각했습니다. 하지만 이 모든 생각은 대체 '여성과 소설'이라는 주제와 어떤 연관이 있는 것일까요? 나는 또다시 자문해야만 했습니다.

3

저녁이 될 때까지 중요한 진술이나 확실한 사실을 얻지 못한 채 집에 돌아왔다는 것은 꽤나 실망스러운 일이었습니다. 여성은 남성보다 가난한데, 그 이유는 아마도 이러저러한 것 때문일 겁니다. 이제는 아예 진실을 위한 탐구를 포기하고, 용암처럼 뜨겁고 개숫물처럼 혼탁하게 존재하는 수많은 의견을 받아들이는 편이 나을 것도 같았습니다. 커튼을 내려 산만한 생각을 몰아내고, 등불을 밝힌 뒤 탐구의 폭을 좁히는 것입니다. 그러고는 그저 사실만을 기록한다는 역사가에게 여성이 그동안 어떻게 살아왔는지를, 적어도 영국 엘리자베스 시대에는 어떠했는지를 말해 달라고 하는 편이 훨씬 나을 것입니다.

왜냐하면 대부분 남성이 자유롭게 노래를 만들고 소네트

[14행의 시구로 이루어진 서양의 문학 양식]를 쓰던 그 시대에 여성은 어떤 뛰어난 문학 작품 하나 남기지 못했다는 것은 영원한 수수께끼이기 때문입니다. 당시 여성은 대체 어떤 환경에 놓여 있었던 것일까? 나는 홀로 생각했습니다. 소설은 상상력으로 빚어내는 것이기에, 조약돌처럼 바닥으로 뚝 떨어지는 과학적 현상과는 다른 것입니다. 그것은 거미줄과 같아서 미약하게라도 네 귀퉁이 모두가 삶과 붙어 있습니다. 하지만 종종 우리는 이 사실을 알아차리지 못하지요. 예를 들어 셰익스피어의 희곡들은 너무나 완벽히 공중에 떠 있는 거미줄처럼 느껴집니다. 하지만 그 거미줄을 비스듬히 잡아당겨 귀퉁이를 떼 다음 중간 부분을 찢어 본다면, 셰익스피어가 빚은 거미줄 역시 고통받는 인간이 만든 작품이라는 것을 알게 되지요. 또한 이것은 형체가 없는 생물이 허공에 만든 것이 아니며, 우리 인간의 건강과 돈, 집 같은 현실적인 문제와 붙어 있다는 사실도 깨닫게 되는 것입니다.

나는 역사책들이 꽂힌 서가로 향해서 최근 발간된 역사가 트리벨리언 교수의 『영국의 역사』를 집었습니다. 그 책 안에서 여성이라는 단어를 찾은 다음, '여성의 지위'라는 항목을 찾아 페이지를 펼쳤지요. 그러자 이런 내용이 있었습니다.

"아내를 때리는 것은 남편들에게 마땅히 주어진 권리였으며, 이 행위는 신분의 고하를 막론하고 거리낌 없이 이루어졌다. (중략) 부모가 점찍은 남성과 결혼을 거부하는 딸을 방에 가두고 구타하며 폭행하는 것도 전혀 놀라운 일이 아니었다. 결혼은 개인의 애정과 결부된 것이 아닌, 가족의 금전적 탐욕이 결부된 문제였기 때문이다. 이는 특히 '기사도(騎士道)의 가치를 따르는' 상류층에서 더욱 활발히 일어났다. (중략) 종종 약혼은 당사자들 중 한 명 혹은 모두 요람에 누워 있을 때 이루어졌으며, 보모의 보살핌을 받을 나이에 결혼이 이루어지기도 했다."

이때는 제프리 초서[중세 영국에서 가장 명망 있었던 시인]의 시대라 불린 시기의 바로 직후인 1470년경이었습니다. 여성의 지위에 대한 언급은 이때로부터 약 200년 후인 스튜어트 왕조 시대가 되어야 겨우 찾아볼 수 있습니다.

"자신의 남편을 선택하는 것은 상류층과 중산층의 여인에게는 여전히 드문 일이었다. 또한 일단 남편이 정해지면 그는 최소한의 법률과 관습을 지키는 한 부인의 지배자이자 주인이 되었다."

이 말에 덧붙여 트리벨리언은 다음과 같은 결론을 내립니다.

"하지만 셰익스피어의 희곡 속에 나오는 여인들이나 버니, 허친슨처럼 신뢰할 수 있는 17세기 회고록에 등장하는 여성들로 미루어 볼 때, 여성들이 성격이나 개성이 결핍된 것처럼 보이지는 않는다."

다시 생각해 볼까요. 클레오파트라는 분명 자기 나름의 행동 양식을 갖추고 있었습니다. 맥베스 부인은 자신의 의지를 가지고 있었을 것입니다. 로잘린드[셰익스피어의 「뜻대로 하세요」에 나오는 슬기로운 인물]는 다분히 매력을 지닌 사람으로 볼 수 있을 것입니다. 셰익스피어의 희곡 속에 나오는 여인들이 성격이나 개성이 결핍된 것처럼 보이지 않는다는 역사가 트리벨리언의 말은 진실에 가깝습니다. 게다가 역사가가 아닌 사람이라면 이 말에서 한 걸음 더 나아가, 태초부터 모든 시인의 작품 안에 나온 여성은 작품 안에서 마치 횃불처럼 빛을 발했다고 말할 것입니다. 극작품에서 찾아본다면 클리템네스트라, 안티고네, 클레오파트라, 맥베스 부인, 페드르, 크레시다, 로잘린드, 데스데모나, 몰피 공작 부인 등이 있을 것입니다. 산문 작품에서 찾아본다면 밀러먼트, 클라리사, 베키 샤프, 안나 카레니나, 엠마 보바리, 게르만트 부인 등이 있을 것입니다. 이들 중 '성격이나 개성을 결핍한' 여성이라고 떠올릴 만한 인물은 단언하건대 아무도 없을 것입니다. 어쩌면 남자들이 쓴 소설에 등장하는 여인들로 볼 때, 여성은 지극히 중요한 인물로 느껴질 것입니다. 그들은 너무나 영웅적이고 비열하며, 고귀하거나 천박하고, 무한한 아름다움을 내뿜거나 극단적으로 흉측함을 보이기 때문입니다. 그들은 어쩌면 남자만큼 위대하거나 혹은 더 뛰어나다는 생각이 들 것입니다. 하지만 이것은 어디까지나 소설 속의 여성상일 뿐입니다. 트리벨리언 교수가 지적했듯이 현실 세계의 여성은 언제나 방에 가둬지고 구타당하며 폭행당하는 존재였던 것입니다.

이런 식으로 매우 기이하면서도 복잡한 생명체가 출현하는 것입니다. 그들의 상상 속에서 여성은 매우 중요한 존재지만, 실제로는 너무나 철저하게 미천한 존재지요. 여러 시집을 보면 온통 여인에 대한 이야기로 가득하지만, 역사책에서는 그들의 모습을 전혀 찾아볼 수 없지요. 소설 속 여성은 여러 왕과 지배자들의 삶을 쥐락펴락하지만, 현실 속 여성은 그저 자신의 손가락에 강제로 반지를 끼게 한 어느 부모의 아들에게 노예 같은 대접을 받을 뿐입니다. 문학 속 여성에게서는 풍부한 영감과 심오한 사색이 흘러나오지만, 현실 속 여성은 문해력도 부족할뿐더러 철자법도 모르는 남편의 재산에 불과했던 것입니다.

분명 이 생명체는 먼저 역사가들의 글을 읽고, 나중에 시인들의 글을 읽으면서 만들어진 괴물이었습니다. 작은 벌레에 갑자기 독수리처럼 크나큰 날개가 달린다거나, 아름다움과 생명을 가득 머금은 정령이 부엌에서 소고기 비계를 토막내고 있는 모습 같은 것은 상상하기는 즐거울지 몰라도 실제로는 존재하지 않습니다. 살아 있는 여성을 이끌어 내기 위해서는 시적이면서도 산문적이어야 합니다. 현실과 연결된 끈—예를 들어 마틴 부인이라는 어떤 여성은 36세이고, 파란색 옷을 입었으며, 검은 모자를 쓰고, 갈색 빛의 신발을 신었다는—을 놓지 말아야 합니다. 또한 그 소설의 시야—이 여인에게는 다양한 힘과 정신이 끊임없이 흐르며 반짝이는 그릇과 같다는—도 잃지 말아야 합니다. 하지만 우리가 엘리자베스 시대의 여성에 대해 이런 시도를 할 때는 한쪽의 조명이 꺼질 것입니다. 우리가 아는 사실이 부족하기 때문에 길이 막히고 마는 것입니다. 반박의 여지가 없는 진실, 중요한 사실들을 전혀 모르기 때문이지요. 역사는 좀처럼 여성에 대해 서술하는 법이 없습니다. 그래서 나는 다시 트리벨리언 교수에게 돌아가 그에게 역사가 어떤 의미를 지니고 있는지 확인해 보기로 했습니다. 그러고는 각 장의 부제를 보며 역사란 이런 의미를 가진다는 것을 깨닫게 되었습니다.

중세 시대의 장원(莊園)과 공동 경작을 하는 방법……, 시토 수도회와 목축업……, 십자군……, 대학……, 하원 의회……, 백년 전쟁……, 장미 전쟁……, 르네상스 시대의 학자……, 수도원의 해체……, 농민들의 쟁의와 종교 분쟁……, 영국 해군이 지닌 힘의 기원……, 무적함대…….

때때로 엘리자베스나 메리 같은 여왕이나 귀부인이 언급될 때도 있었습니다. 하지만 역사가가 역사의 한 조각이라고 여길 정도의 동향에, 자신의 두뇌와 인품밖에 내세울 것이 없던 중산층 여성이 서술된 기록은 아무리 찾아봐도 없었습니다. 그의 책뿐 아니라 여느 일화를 모아 놓았다는 책에서도 여성의 존재를 찾을 수 없었습니다. 전기 작가 오브리의 작품에서는 여성 자체가 거의 언급되어 있지 않습니다. 그때 당시 여성은 자서전이나 일기는 거의 쓰지 않았고, 단지 편지 몇 장만이 남아 있을 뿐이었습니다. 그녀의 삶을 판단할 기준이 될 시나 희곡 또한 남기지 않았습니다. 이제 우리에게 필요한 것은 많은 분량의 정보(그런데 대체 왜 똑똑한 뉴넘이나 거튼 학생들은 우리가 원하는 것을 주지 않는 것일까요?)라는 생각이 들었습니다. 몇 살에 결혼했는지, 아이는 보통 몇 명을 낳았는지, 어떤 집에서 살았고 그들은 자기만의 방을 지녔는지, 요리는 잘했는지, 하인을 두고 싶어 했는지 같은 정보 말입니다. 이런 사실은 아마도 교구의 등기부나 회계 장부의 어디쯤에 적혀 있을지도 모릅니다. 엘리자베스 시대에 살았던 여성의 기록은 어딘가에 뿔뿔이 흩어져 있을 것이고, 누군가는 그것을 모아 책으로 엮을 수도 있을 것입니다. 나는 존재하지 않는 책들을 찾으러 헤매다가 저 유명한 대학의 학생들에게 역사를 다시 쓸 것을 제안하는 것은 내가 감당할 수 없을 만큼 큰 야심일 거라고 생각했습니다. 물론 역사는 본디 비현실적이고 편향적인 것이기에, 종종 조금은 괴이하게 보일 수도 있다는 점은 인정할 수밖에 없겠지만요. 하지만 기존 역사에 부록을 덧붙이면 안 될 이유가 있을까요? 그 안에 등장하는 여성들이 편견에 휘둘리지 않도록 최대한 눈에 띄지 않는 제목을 붙이면 되지 않을까요? 왜냐하면 우리는 종종 위인들의 전기 속에서 여성이 재빨리 모습을 감추게 되더라도, 그 안에는 윙크나 미소 혹은 눈물을 감추고 있다는 것을 엿볼 수 있기 때문입니다. 요컨대 우리는 제인 오스틴의 생애만큼은 익히 알고 있습니다. 또한 조애너 베일리[스코틀랜드의 극작가이자 시인]의 비극 작품이 에드거 앨런 포의 시에 끼친 영향에 대해서는 굳이 다시 언급할 필요가 없을 정도지요. 또한 개인적으로는 메리 러셀 미트포드의 집과 그녀가 자주 거닐던 곳이 최소 한 세기 이상 대중에게 공개되지 않더라도 개의치 않을 것입니다.

다만 나는 서가를 돌아보며 개탄스러운 감정이 들었습니다. 18세기 이전의 여성에 대해서는 우리에게 알려진 것이 전혀 없다는 사실 때문이었지요. 나는 왜 엘리자베스 시대의 여성들이 시를 쓰지 않았는지 묻고 싶습니다. 하지만 나는 그때의 여성들이 어떤 교육을 받았는지 알지 못합니다. 또한 글을 쓰는 법은 배웠는지, 자기만의 방이 있었는지, 채 21세가 되기도 전에 아이를 낳은 여성은 얼마나 있었는지, 다시 말해 아침부터 저녁까지 그들이 무엇을 했는지 나는 알 수 없습니다. 다만 그들에게 돈이 부족했다는 것은 의심할 여지가 없는 사실일 것입니다. 트리벨리언 교수의 말에 따르면, 그들은 자신들이 원하든 원치 않든 결혼해야만 했으며 그 시기도 채 어린아이의 티를 벗기 전인 15~16세쯤이었을 것이기 때문입니다. 이러한 사실을 놓고 봤을 때, 그 여인들 중 한 명이 셰익스피어 같은 대작을 썼다고 한다면 너무나 괴이한 일이었을 것입니다. 순간 나는 지금은 고인이 된 어느 노신사를 떠올렸습니다. 생전에 주교였던 그는 여성이 셰익스피어 같은 천재적인 작품을 절대 남길 수 없다는 내용을 신문에 기고했습니다. 또한 그 노신사는 고견을 물으러 온 어떤 부인에게 고양이는 천국에 갈 수 없다는 말도 했지요. 이런 노신사들 덕분에 우리가 생각할 거리가 얼마나 많이 덜어졌는지요! 이러한 접근에 무지(無智)의 경계는 얼마나 깜짝 놀라 저절로 뒷걸음질을 쳤는지요! 고양이는 천국에 갈 수 없을 겁니다. 여성은 셰익스피어 같은 대작을 쓰지 못하겠지요.

하지만 나는 서가에 꽂힌 셰익스피어의 작품들을 바라보며, 최소한 한 가지 말만큼은 그 주교가 옳았다고 여길 수밖에 없었습니다. 셰익스피어의 시대를 살았던 어떤 여성이라도 셰익스피어의 희곡 같은 작품은 절대 쓰지 못했으리라는 것 말이지요. 실제 사실들을 찾는 것은 어렵게 되었으니, 셰익스피어에게 뛰어난 재능을 가진 '주디스'라는 누이가 있었다고 상상해 볼게요. 우선 셰익스피어는 분명 그래머 스쿨[중세 시대 라틴어를 주로 가르치던 영국의 중등 교육 기관]에 다녔을 것입니다. 그의 어머니는 유산을 상속받은 분이었기 때문이지요. 그곳에서 그는 오비디우스, 베르길리우스, 호라티우스와 라틴어, 라틴 문학을 배우고, 이 문법의 원리와 논리학 또한 학습했을 것입니다. 익히 알려진 것처럼 그는 방탕한 유년 시절을 보내기도 했습니다. 토끼와 사슴을 거칠게 사냥하고, 이웃에 사는 여인과 지나치게 이른 나이에 결혼했으며, 그 여자 또한 다소 일찍 아기를 배었지요. 그는 이러한 일 때문에 출세를 위해서 런던으로 와야만 했습니다. 연극을 좋아했던 그는 무대 입구에서 말을 지키는 일로 연을 맺었지요. 금세 자리를 잡은 셰익스피어는 배우로서 대성공을 거두었습니다. 그렇게 그는 세상의 중심에 우뚝 서서 모든 사람을 만나 모든 사람과 교제하고는 배우로서의 능력을 맘껏 발휘하고, 거리에서는 기량을 펼치며, 심지어는 여왕의 궁정에 드나들기까지 했습니다.

한편 그의 누이 또한 비범한 재능을 가졌지만, 이러저러한 이유로 집에 남아 있을 수밖에 없었다고 가정해 봅시다. 그녀도 셰익스피어만큼이나 모험심이 강하고 상상력이 풍부하며 드넓은 세상에서 뛰놀기를 바랐지만, 학교에 진학할 수 없었습니다. 그러니 베르길리우스나 호라티우스는커녕 기초적인 문법과 논리학조차 배울 기회가 없었지요. 그저 가끔 오빠의 책을 집어 들고 몇 페이지씩 읽어 나갈 뿐이었지요. 하지만 그럴 때면 부모님이 들어와 양말을 꿰매는 일이나 스튜를 끓이는 일에나 신경 쓰라며 핀잔을 주기 일쑤였습니다. 책이나 논문 따위는 붙들고 있지도 말라고 했지요. 부모님은 호되게 혼냈겠지만, 분명 온화한 분들이었을 것입니다. 그분들은 여성에게 주어지는 삶의 조건이 어떤지 잘 알고 있었기에, 딸을 사랑하는 마음으로 그랬을 테지요. 사실 아버지에게 그녀는 눈에 넣어도 아프지 않은, 그런 존재였을 것입니다. 하지만 그녀는 아마도 사과를 모아 둔 다락방에 숨어서 몇몇 글을 써 보다가 그것들을 깊숙한 곳에 숨기거나 아예 불에 태워 버리기도 했을 것입니다. 시간이 흘러 그녀는 채 10대를 벗어나기도 전에 이웃에 사는 양모(羊毛) 중개인의 아들과 약혼하게 되었습니다. 그녀는 결혼하기 싫다며 고래고래 소리를 쳤지만, 그만 아버지에게 심한 폭행을 당하고 말았지요. 물론 아버지는 그 이후 더 이상 딸을 꾸짖지 않았겠지요. 다만 그는 결혼 문제 때문에 자신의 명예를 더럽히지 말고 자신에게 상처를 주지 말라고 딸에게 간절히 애원했습니다. 구슬 목걸이나 고급 페티코트[주로 여성들이 입는 속치마]를 사 주겠다고 말하는 아버지의 눈에는 눈물이 어려 있었습니다. 그러니 어떻게 감히 아버지의 말씀을 거역할 수 있겠습니까? 어떻게 아버지의 가슴에 상처를 낼 수 있겠습니까?

하지만 그녀가 가진 재능에 대한 열망은 스스로를 몰아붙이게 만들었습니다. 결국 그녀는 어느 여름밤, 최소한의 물건들만 들고 밧줄을 타고 집 밖을 나와 런던으로 향했지요. 그녀가 채 17세도 되지 않았을 때의 일이었습니다. 그녀는 산울타리에서 지저귀는 새들보다 훨씬 더 고운 목소리를 가지고 있었습니다. 그녀는 오빠처럼 음조(音調)를 다루는 능력이 뛰어났습니다. 또한 연극에 대한 열망이 강했던 그녀는 극장의 문 앞에서 연기를 하고 싶다고 말했습니다. 그러자 주변에 있던 남자들은 그녀의 면전에서 조소를 터뜨렸지요. 뚱뚱하고 방정맞아 보이는 극장 지배인은 더욱 더 큰 소리로 웃음을 터뜨렸습니다. 그러고는 여자가 연기하는 것은 푸들이 춤추는 것과 같다고 비유하며 여자는 절대 배우가 될 수 없다고 말했지요. 그는 어떤 말을 넌지시 던져 암시하기도 했습니다. 그가 무엇을 넌지시 이야기했을지는 아마 여러분도 짐작할 수 있겠지요. 그녀는 너무나 뛰어난 재능을 가졌지만, 그 어디서도 역량을 키울 훈련을 받을 수 없었습니다. 또한 선술집에서 저녁 식사를 하거나 한밤중에 길거리를 배회할 수도 없었습니다. 그럼에도 이제 그녀의 재능은 소설을 통해 발산되기를 바랐습니다. 그녀는 다양한 사람들의 삶을 풍부하게 바라보고, 그들의 생활 양식을 연구하고 싶은 열망으로 불타올랐습니다. 결국 주디스는—아주 어린 나이였던 데다가 둥근 눈썹과 회색 눈동자가 셰익스피어를 오묘하게 닮았다는 사실 덕분에—배우 겸 감독인 닉 그린의 동정을 사게 되었습니다. 하지만 그녀는 그의 아이를 가졌다는 사실을 깨닫자 (시인의 심장이 여인의 몸 안에 갇혀 버리고 말았을 때, 그녀가 겪었을 비참함과 격정을 감히 누가 헤아릴 수 있을까요.) 어느 겨울밤 스스로 목숨을 끊고 말았습니다. 아마 지금은 엘리펀트 앤 캐슬 바깥쪽에 있는 어느 사거리[과거 영국에서는 자살한 사람을 가급적 사람이 많이 다니는 사거리 밑에 매장하는 풍습이 있었음-]에 묻혀 있겠지요.

한 여성이 셰익스피어의 시대에 셰익스피어만큼의 재능을 가지고 태어났다면, 아마 이런 일들이 생기지 않았을까요? 하지만 나는 고인이 된 그 주교의 (그가 정말 주교였는지는 알 수 없겠지만) 견해에 동의할 수밖에 없습니다. 어떤 여성이든 셰익스피어의 시대에 셰익스피어만큼의 재능을 가진다는 것은 상상조차 할 수 없는 일입니다. 그런 천재성은 교육을 받지 못할뿐더러 노동하며 비천하게 사는 사람들 가운데서 발현될 수 없기 때문입니다. 이는 영국의 색슨족이나 브리튼 족은 물론이거니와 오늘날의 노동자 계층에서도 그럴 것입니다. 트리벨리언 교수에 따르면, 여성은 채 성숙해지기도 전에 부모로부터 법률과 관습을 따르라는 압박을 받는데 어떻게 그런 환경에서 천재적 재능이 발휘될 수 있겠습니까?

하지만 그런 계층에서도 분명 천재성을 지닌 사람이 존재했던 것처럼 여성 중에서도 분명 천재성을 지닌 사람은 있었을 것입니다. 에밀리 브론테나 로버트 번스[스코틀랜드의 국민 시인] 같은 사람들이 이를 증명하지요. 하지만 그들의 천재적 재능은 글로 발휘되지 못했습니다. 다만 사람을 피하는 마녀, 악마에 홀려 버린 여인, 약초를 파는 현명한 여인, 혹은 어떤 뛰어난 성과를 거둔 남자의 어머니에 대한 글을 읽으면, 나는 자취를 감춘 소설가나 억눌린 시인을 상상할 수 있을 뿐입니다. 그들은 제인 오스틴이나 에밀리 브론테에 버금가는 재능을 가졌을 것입니다. 하지만 그들은 이에 수반되는 고통과 현실의 한계를 견디지 못하고, 황무지에 자신의 모든 지성을 내다 버리거나 얼굴을 찡그린 채 정신이 나간 모습으로 길가를 떠돌았을지도 모릅니다. 사실 나는 이름을 남기지 않은 채 시를 썼던 수많은 익명의 작가 중 상당수는 여성이었을 거라고 감히 예상합니다. 시인 피츠제럴드는 나지막한 목소리로 민요나 이야기시를 아이들에게 들려주며, 실을 뽑거나 기나긴 겨울밤을 달래던 사람들의 대부분은 여성일 것이라고 언급하기도 했었지요.

이 말은 진실일 수도, 그렇지 않을 수도 있습니다. 대체 누가 이를 알겠습니까? 하지만 조금 전 내가 지어낸 셰익스피어의 누이에 대한 이야기를 검토하며 나는 그런 생각을 했습니다. 이 내용 안에도 얼마의 진실이 있다면, 그것은 16세기 당시 뛰어난 재능을 가지고 태어난 여성들은 모두 틀림없이 미쳐 버리거나, 총으로 자신을 조준하거나 혹은 마을 외곽의 초라한 오두막에서 절반 정도는 마녀, 절반 정도는 요술쟁이로 조롱과 두려움의 대상이 되어 생을 마감했으리라는 것입니다. 심리학에 대한 제반 지식이 거의 없어도 확신할 수 있습니다. 어떤 뛰어난 시적 재능을 가진 여성은 곧 다른 이들에 의해 방해받았을 것이며, 자신의 내면에서 상충되는 감정들에 의한 고통으로 가리가리 찢겨져 분명 온전한 정신과 건

강을 잃어버렸을 것이라는 사실 말입니다. 어떤 소녀가 기어이 런던으로 향하고는 배우와 극장 지배인이 모여 있는 무대 입구까지 다다랐을 때, 잠시 서성이다가 그들을 억지로 밀치고 들어가려 했다면 스스로를 해칠뿐더러 불합리적이지만 (어쩌면 이런 순결은 사회가 어떤 헤아릴 수 없는 이유로 만든 맹목적 믿음이라 할 수 있지요.) 피할 수 없는 고난을 마주할 수밖에 없었을 것입니다. 지금도 마찬가지겠지만, 당시의 순결은 여성의 삶에서 종교적인 중요성을 가지고 있었습니다. 그것은 여성의 신경과 본능을 둘러싸고 있기 때문에 한순간 그것을 잘라내어 대낮에 드러내기 위해서는 크나큰 용기를 필요로 했습니다. 그러니 16세기의 여성, 특히 시인이나 극작가인 여성이 자유로운 삶을 영위한다는 것은 곧 정신적 압박과 딜레마 속에 그녀를 죽음으로 몬다는 것과 같은 말이었지요. 설령 그녀가 죽지 않고 살아남았다 하더라도, 긴장과 병적인 상상력으로 만들어진 그녀의 작품들은 더없이 뒤틀린 모습이었을 것입니다. 나는 여성이 쓴 희곡을 한 권도 찾을 수 없는 서가를 바라보며 감히 생각했습니다. 분명 그녀의 작품은 저자의 서명 없이 출간되었을 것입니다. 그녀는 도피처를 찾아야만 했을 것입니다. 순결이라는 관념은 19세기까지도 여성에게 익명을 강요했습니다. 커러 벨[샬롯 브론테의 필명], 조지 엘리엇[에반스의 필명], 조르주 상드[오로르 뒤팽의 필명]의 작품에서 우리는 그들의 내적 투쟁으로 말미암은 희생을 이해할 수 있습니다. 남자의 필명을 씀으로써 설령 효과적이지 않더라도 자신을 장막 안에 가리기 위해 노력한 것입니다. 그렇게 그들은 남성이 주입하지는 않았더라도 적극적으로 권했던 그 관습(고대 정치가 페리클레스는 여성이 누릴 수 있는 최고의 명예는 사람들의 입에 거론되지 않는 것이라고 말했지요. 정작 자신은 사람들의 입에 끊임없이 오르내렸지만요.), 다시 말해 여성의 이름이 널리 알려지는 것은 역겹다는 관습에 수긍하고 만 것이지요. 익명성은 여전히 여성의 혈관 속에 흐르고 있습니다. 여성에게는 아직도 장막으로 모습을 가리고자 하는 마음이 남아 있지요. 여성은 남자들만큼 명성을 얻는 것에 관심이 없을뿐더러 묘비나 길 안내판에 자신의 이름을 새기고 싶은 욕망도 느끼지 않습니다. 엘프, 버트, 체스 따위의 남자들은 아름다운 여인이나 강아지가 지나가기라도 하면 "저 강아지는 내 거야."라고 중얼거리겠지요. 이는 자신들의 본능에서 비롯된 것이겠고요. 나는 영국의 국회 의사당 광장이나 베를린의 승리의 길 등을 떠올리며, 그 대상이 강아지뿐만이 아니라 어떤 땅덩어리나 흑인 노예일 수도 있다고 생각했습니다. 다만 매우 아름다운 흑인 여성을 보면서도, 그녀를 자신의 여인으로 만들고 싶지는 않다는 생각이 든다는 점은 오늘날 영국 여성이 누리는 장점 중 하나일 수도 있겠군요.

그렇기에 16세기 당시 위대한 시적 재능을 가지고 태어난 여성은 오롯이 자기 자신과 맞서 싸우며 불행한 삶을 살아야만 했습니다. 그녀 주변의 생활 환경과 본능은 자유로이 모든 것을 풀어놓으려는 그녀의 생각과 충돌할 수밖에 없었지요. 그런데 창조적인 활동에 가장 적절한 심리 상태는 과연 무엇일까요? 나는 스스로에게 질문을 던졌습니다. 이런 활동을 가능하게 하고 촉진시키는 심적인 상태에 대해 조금이나마 알 수 있을까요? 마침 나는 셰익스피어의 비극이 적힌 책을 펼쳤습니다. 셰익스피어가 「리어왕」이나 「안토니와 클레오파트라」를 쓸 때, 그의 심리 상태는 어땠을까요? 지금껏 존재하지 않았던 시를 쓰기에는 더없이 적절한 심리 상태였겠지요. 하지만 셰익스피어는 스스로에 대해 어떤 말도 남기지 않았습니다. 다만 우리는 그가 '절대 한 줄도 허투루 쓰지 않았다'는 사실을 우연히 알았을 뿐입니다. 예술가가 자신의 심리 상태에 대해 조금이나마 언급하기 시작한 것은 18세기 이후의 일입니다. 아마 루소가 처음 그랬을 것입니다. 19세기부터는 문인들의 자의식이 꽤 발달해 자신의 심리 상태를 자서전이나 회고록에 서술하는 일이 일종의 관행이 되었습니다. 또한 그들의 전기나 편지도 접할 수 있었습니다. 그렇게 우리는 셰익스피어가 「리어왕」을 썼을 때의 심정을 알지는 못하더라도, 칼라일이 『프랑스 혁명사』를 썼을 때 어떤 것을 경험했으며, 플로베르가 『마담 보바리』를 썼을 때 어떤 심리 상태였는지, 또한 키츠[25세의 나이에 폐결핵으로 요절한 영국 시인]가 자신을 옥죄어 오는 죽음과 세상의 무관심에 맞서 시를 썼을 때, 그의 마음속은 어땠는지도 알게 되었습니다.

　또한 현대 문학에서 고백과 자기 분석에 대한 비중이 상당하다는 것으로 미루어 볼 때, 천재적 작품은 거의 매번 크나큰 시련을 이겨 낸 끝에 쓰이는 위업이라는 사실을 알 수 있습니다. 주변의 모든 상황은 천재적 작품이 작가의 마음속에서 완전히 발현될 수 있는 가능성을 매번 가로막습니다. 대부분은 물리적인 환경 때문입니다. 개들은 짖고, 사람들은 훼방을 놓을 것이며, 생계 문제에 직면하고, 건강은 하루가 다르게 악화할 것입니다. 게다가 이 모든 것보다도 더욱 작가를 견디지 못하게 만드는 것은 세상의 무관심입니다. 세상은 사람들에게 시나 소설 혹은 역사서를 쓰라고 부탁하지도 않고, 이를 필요로 하지도 않습니다. 세상은 플로베르가 적확한 어휘를 찾든 말든, 칼라일이 어떤 역사를 철저히 입증하든 말든 아무런 신경도 쓰지 않습니다. 당연히 세상은 작가가 원하는 것에 대한 보상을 주지 않을 것입니다. 따라서 키츠, 플로베르, 칼라일 같은 작가들은 특히 창조적인 생각이 용솟음치는 청년 시절에 다양한 형태의 낙담과 자기 분열을 경험합니다. 자기에 대한 분석과 고백을 담은 책에서는 극도의 고통으로 말미암은 울부짖음이 솟구칩니다. "비참하게 죽어 버린 위대한 시인들." 이것이야말로 그들이 절규하는 노래의 후렴구인 것입니다. 이런 모든 시련에도 나오는 작품이라면 그것은 기적일 것입니다. 하지만 처음에 구상했던 대로 나오는 온전한 책은 아마도 존재하지 않을 것입니다.

하지만 나는 텅 빈 서가를 바라보며, 여성에게는 이보다 무한한 시련이 가중되리라 생각했습니다. 조용하거나 방음이 잘 되는 방은 주어지지 않을뿐더러 여성이 자기만의 방을 갖는다는 것은 거의 불가능한 일이었습니다. 부모님이 으뜸가는 부자이거나 꽤 지체 높은 귀족이 아니었다면 말이지요. 19세기 초에도 마찬가지였습니다. 어쩌다 아버지가 주는 용돈은 겨우 필요한 옷을 살 정도밖에 되지 않았습니다. 그러니 키츠, 테니슨, 칼라일처럼 가난한 남성들이라도 누릴 수 있었던 도보 여행 혹은 짧은 프랑스 여행, 심지어 너무나 보잘것없을지라도 가족의 요구와 억압으로부터 도피할 수 있는 곳을 찾을 길이 모두 가로막혀 있었습니다. 물질적인 고통도 너무나 컸지만, 비물질적인 고통은 그보다 더욱 가혹했습니다. 키츠와 플로베르 같은 천재적인 남성이 세상의 무관심 때문에 힘들어 했다면, 여성들은 그보다 더한 세상의 적대감 때문에 고통스러웠습니다. 세상은 남자들의 경우처럼 "네가 원하면 글을 써. 나는 아무 상관도 없지만."이라고 말하지 않았습니다. 세상은 여성들에게 요란한 웃음을 날리며 "글을 쓰겠다고? 네가 글을 써 봐야 대체 무슨 소용이 있겠니?"라고 말했습니다. 이때 나는 서가 위의 텅 빈 공간을 다시 바라보며, 뉴넘과 거튼의 심리학자들이 우리를 도와주어야 한다고 생각했습니다. 지금이야말로 낙담과 좌절이 예술가의 심리 상태에 미치는 영향에 대해서 연구해야 할 때입니다. 나는 유제품 회사에서 일반 우유와 1등급 우유가 쥐의 몸에 미치는 영향에 대해 실험한 것을 본 적이 있습니다. 그들은 상자에 두 마리의 쥐를 집어넣었는데, 개중 한 마리는 도피적이며 소심하고 왜소한 반면 다른 한 마리는 몸에 윤기가 흐르고 대담한 데다가 몸집도 육중했습니다. 과연 우리는 여성 예술가들에게 어떤 먹을거리를 주고 있는가? 나는 말린 자두와 커스터드가 나왔던 변변찮은 석찬을 떠올리며 자문했습니다. 이 질문에 대한 답은 석간신문에 있는 버컨헤드 경의 견해를 보면 알 수 있겠지요. 하지만 군이 여성의 글에 대한 그의 견해를 옮기지는 않겠습니다. 사제장 잉의 견해도 서론하지 않겠습니다. 할리 거리에 있는 전문의가 고래고래 소리를 질러서 거리 전체에 메아리가 울리더라도 나는 한 올의 머리카락도 까딱이지 않을 것입니다.

하지만 오스카 브라우닝 씨의 말만큼은 옮겨야겠습니다. 그는 오래전부터 케임브리지 대학의 저명인사였고, 거튼과 뉴넘 학생들의 시험을 감독한 적도 있었으니까요. 그는 이렇게 말하고는 했습니다.

"시험지를 대략 살펴본 뒤 드는 생각은 제아무리 점수가 뛰어난 여자라도 가장 열등한 남자보다 지적 능력이 뒤떨어진다는 것이다."

이렇게 말한 그는 자신의 방으로 돌아가다가 (바로 다음에 전할 이야기 때문에 사람들은 그에게 더없는 애정을 느끼고, 그를 너무나 위엄 있는 인물로 보겠지요.) 마구간을 지키는 어린 소년이 소파에 누워 있는 것을 보았지요. 이를 본 브라우닝은 이런 말을 했습니다.

"피골이 상접한 그의 뺨은 푹 꺼진 채 흙빛을 띠었으며, 치아는 새까맣고 팔다리를 제대로 가누지 못하는 듯했다……. '저자는 아서로군. 정말 대단히 소중하고 고귀한 마음을 지닌 녀석이지.'(라고 브라우닝 씨가 말한 것이다.)"

이 두 가지 사례는 언제나 서로를 보완시켜 주는 것처럼 보입니다. 특히 이때는 전기(傳記) 문학이 성행했기 때문에 우리는 위인의 말뿐만 아니라 행동을 통해 그들을 판단할 수 있게 되었지요.

하지만 오늘날 우리가 이런 해석을 할 수 있다 하더라도, 불과 50년 전에 주요 인물들의 입에서 흘러나왔던 견해는 너무나 끔찍했을 것입니다. 너무나 고귀한 어떤 공기 때문에 한 아버지가 자신의 딸이 집을 떠나 화가나 작가 혹은 학자로 성장하기를 바라지 않았다고 가정해 봅시다.

"오스카 브라우닝 씨가 뭐라 말하는지 읽어 보아라." 그는 분명 이렇게 말했을 것입니다. 오스카 브라우닝 씨만 그랬던 것도 아니었습니다. 〈새터데이 리뷰〉도 그랬고, 그레그 씨―그는 "여자라는 존재의 본질은 남자에 의해 길러졌기에 남자를 위해 봉사하는 것이다."라고 말한 적이 있지요.―도 마찬가지였지요. 여성들에게 지적인 기대를 할 수 없다는 뜻이 담긴 남성의 의견은 그야말로 어마어마하게 쌓여 있습니다. 설령 그녀의 아버지가 이런 견해들을 소리 내어 읽어 주지 않았다 하더라도 어떤 소녀든 이러한 견해를 혼자 접할 수 있었을 것이며, 그것들을 읽은 소녀의 (심지어 19세기에도) 생명력은 저하되고, 결국 그녀가 만들 예술 작품은 심각한 악영향을 받을 수밖에 없었을 것입니다. 이런 견해—너는 절대 이런 것을 할 수 없어. 저것 또한 마찬가지지.—는 늘 존재해 왔기에, 그들은 언제나 이에 대해 저항하고 극복해야 했습니다. 하지만 이런 병균(病菌)은 적어도 소설가에게는 큰 영향을 미치지 못했던 듯합니다. 이미 뛰어난 여성 소설가가 여러 명이나 배출됐기 때문이지요. 하지만 화가에게는 이 말들이 여전히 고통스러웠을 것이고, 아마 음악가에게는 지금도 이 말들이 맹독처럼 위협적일 것입니다. 오늘날 여성 작곡가의 지위는 셰익스피어 시대 때의 여성 배우와 다르지 않을 것입니다. 제가 지어냈던 '주디스'의 이야기를 다시 떠올리면, 당시 닉 그린은 여자가 연기하는 것은 푸들이 춤추는 것과 같다고 말했었지요. 200년 후, 존슨 박사는 여성 목사에 대해 똑같은 취지의 발언을 했습니다. 지금도 음악에 대한 책을 펼쳐 보면, 오늘날 작곡하려는 여성들에 대해서도 똑같은 표현을 되풀이했습니다.

"작곡가 타유페르 양에 대해서는 여성 설교자에 대해 존슨 박사가 한 명언을 음악 용어로 바꾸어 말하면 되겠지요. '선생, 여자가 작곡한다는 것은 개가 뒷다리로 서서 걸어 다니는 것과 마찬가지입니다. 그런 일이 잘 되지도 않겠지만, 어쨌든 그런 일이 실제로 행해진다는 사실이 놀라울 뿐이군요.'라고 말이지요." 이처럼 역사는 같은 방향으로 정확히 반복되어 오고 있는 것입니다.

결국 나는 오스카 브라우닝 씨의 전기를 덮고 나머지 책을 밀어 놓으며, 여성은 19세기에도 예술가로 육성되지 못하도록 권해졌다는 것이 분명하다는 결론을 내렸습니다. 아니, 반대로 여성은 언제나 폭력과 모욕의 대상이었으며, 설교와 훈계를 들어야 했습니다. 이에 대해 항변하고 논박해야 할 필요성 때문에 여성들의 마음은 언제나 지나치게 긴장되었고, 따라서 생명력 또한 위축되었을 것입니다. 여기서 우리는 다시 한번 이토록 여성 운동에 큰 영향을 행사한 남성들의 강박 관념을 접하게 됩니다. 그것은 너무나 흥미롭고도 명확하지 않은 것이지요. 이는 여성의 열등보다는 남성이 우월하기를 바라는 오래된 욕망에서 비롯되었을 것입니다. 따라서 어느 분야든 남성이 자리를 지키고는 모든 예술뿐만 아니라 정치에 이르는 길도 방해하고 있는 것입니다. 심지어 남성이 떠안을 부담이 너무나 적고, 탄원인이 너무나 겸손하고 헌신적일 때도 마찬가지입니다. 정치에 크나큰 열망을 품었던 베스버러 부인조차 자신을 한없이 낮추고 그랜빌 레벤슨-고어 경

[영국의 정치가이자 베스버러 부인의 연인]에게 이런 편지를 쓸 수밖에 없었습니다.

"(전략) 비록 제가 정치 운동에 대해 격렬한 관심을 보이며 많은 이야기를 하지만, 여성은 (요청을 받을 경우에 한해) 자신의 의견을 밝히는 것 외에는 정치적인 여러 사안에 대해 관여할 수 없다는 당신의 말씀에 전적으로 동의합니다."

따라서 그녀는 아무런 장애물도 맞닥뜨리지 않을 곳, 즉 그랜빌 경의 첫 하원 연설이라는 크나큰 주제에 대해 자신의 열정을 쏟게 됩니다. 그것은 분명 괴이한 광경이었을 것입니다. 여성 해방에 대한 남성들의 저항의 역사는 어쩌면 여성 해방 자체의 역사보다 더욱 흥미로울지도 모릅니다. 만일 거튼이나 뉴넘의 어떤 학생이 이 사례를 수집해 이론을 도출할 수 있다면 분명 흥미로운 책이 될 것입니다. 하지만 그 학생이 여성이라면, 그녀는 손을 보호할 두꺼운 장갑이나 자신을 보호할 순금으로 된 울타리가 필요하겠지요.

베스버러 부인이 쓴 책을 덮으며, 지금은 우리가 그저 흥미롭다고 여기는 생각들이 그때는 필사적인 외침이었으리라는 생각이 들었습니다. 지금은 '수탉의 울음' 같은 꼬리표를 달고 어느 여름밤 청중에게 읽을 만한 소재가 될 수 있었던 견해들이 한때는 눈물을 자아낼 수밖에 없는 외침이었을 것이라고 나는 여러분에게 장담할 수 있습니다. 분명 여러분의 할머니나 증조할머니 중에서는 가슴이 찢어지도록 울었던 분도 많았을 것입니다. 플로렌스 나이팅게일도 고통 속에서 신음을 토했을 것입니다. 더구나 대학에 진학했고 자기만의 방—그렇지 못하다면 자기만의 침실 겸 거실이라도—을 가지고 있는 여러분이 당시 천재들은 그런 사람들의 견해와 여론에 괘념치 않아야 한다고 말하는 것은 당연할 것입니다. 하지만 불행히도 자신의 이야기에 가장 많은 신경을 쓰는 사람은 천재적인 남성과 여성입니다. 키츠를 생각해 보십시오. 그의 묘비명[여기 물 위에 자신의 이름을 쓴 자가 누워 있노라.]을 생각해 보십시오. 테니슨을 생각해 보십시오. 또한……. 하지만 자신을 둘러싼 이야기에 지대한 신경을 쏟는 것은 예술가의 본성이라는 불행하고도 부정할 수 없는 사실에 대한 예시를 거듭 들 필요는 없겠습니다. 문학은 타인에 대해 비정상적으로 신경을 쏟다가 끝내 파멸해 버린 이들의 잔해로 뒤덮여 있는 것입니다.

다시 나는 원래의 질문으로 돌아와 창조적인 활동에 가장 적절한 심리 상태는 무엇일지 생각해 보았습니다. 이렇게나 예민했던 예술가들의 감수성은 이중으로 불행했을 것입니다. 나는 「안토니와 클레오파트라」의 장면이 펼쳐진 책을 바라보며, 예술가는 자기 안에 머무르는 구상을 온전한 모습 그대로 세상에 표출하는 경이로운 작업을 해내기 위해 셰익스피어의 마음처럼 타올라야 할 것이라고 생각했습니다. 그 안에는 어떤 걸림돌이 되는 물건이나 해소되지 않은 문제가 있으면 안 되는 것입니다.

　우리는 셰익스피어의 심리 상태에 대해 아무것도 모른다고 말할 때도 있지만, 실은 그런 말을 할 때도 이미 우리는 그의 심리 상태에 대해 어떤 이야기를 하고 있는 것입니다. 우리가 셰익스피어에 대해—던이나 벤 존슨, 밀턴과 비교했을 때—거의 알지 못하는 이유는 그가 지닌 원한과 악의, 반감 등이 우리에게 알려지지 않았기 때문일 것입니다. 우리는 셰익스피어에 대한 '어떤 사실'에 의해 방해받지 않는 것입니다. 그가 받았던 상처에 대해 항의하거나 증명하려는 욕구, 복수를 하고 싶은 욕구, 세상이 자신의 고난과 불만의 목격자가 되어 주기를 바라는 욕구는 모두 그의 안에서 불타올라 사라지고 말았습니다. 그렇게 그의 시는 누구의 방해도 받지 않고 자유롭게 흘러나오게 된 것입니다. 만일 자신의 작품을 온전히 표현할 수 있는 사람이 존재했다면, 그는 바로 셰익스피어이리라. 만일 누구의 방해도 받지 않고 환히 불타오르는 마음이 존재했다면, 그것은 바로 셰익스피어의 마음이리라. 나는 서가를 다시금 돌아보며 이렇게 생각했습니다.

4

그러한 심리 상태를 지닌 여성을 16세기에 찾는다는 것은 분명 불가능한 일이었습니다. 엘리자베스 여왕 시대에 아이들이 무릎을 꿇고 묘비 앞에 앉아 두 손을 모으고 있는 광경을 생각해 보십시오. 또한 여성들이 이른 나이에 작고했다는 사실과 그들이 거주했던 어두컴컴하고 비좁은 방을 떠올려 본다면, 그때는 어떤 여성도 시를 쓸 수 없었다는 것을 깨닫게 될 것입니다. 다만 상당한 시간이 지난 후, 어느 귀부인이 상대적으로 풍부하고 자유로운 생활 가운데서 무언가를 출판하리라는 기대는 할 수 있겠습니다. 물론 그녀도 사람들에게 괴물로 비추어질 위험은 감수해야겠지만 말이지요. 나는 레베카 웨스트가 들었던 '터무니없는 페미니스트' 같은 생각처럼 보이지 않기 위해 조심스레 사색을 이어 갔습니다. 물론 남자는 속물이라고 할 수 없습니다. 백작 부인이 시를 쓰기 위해 노력할 때, 대체적으로 그들은 호의적인 평가를 합니다. 특히 작위를 가진 부인이었다면 당시 명망 없는 오스틴이나 브론테보다 훨씬 더 많은 격려를 받았으리라 우리는 충분히 짐작할 수 있습니다. 하지만 그런 부인의 마음은 여전히 두려움과 증오 같은 어지러운 감정에 휩싸여 혼란스러웠을 것이고, 그 마음은 자신의 시에도 어지러이 드러났을 것이라고 짐작할 수 있습니다. 나는 그 예로 윈칠시 부인[영국 최초로 시집을 출간한 여성]을 떠올리며, 그녀의 시집을 서가에서 꺼내 보았습니다. 그녀는 1661년에 귀족의 신분으로 태어나 다른 귀족과 결혼했지만, 슬하에 자녀를 두지는 않았습니다. 그녀의 시집을 본다면, 우리는 그녀가 얼마나 여성의 지위에 대해 분개했는지 알 수 있습니다.

우리는 얼마나 추락한 것인가! 잘못된 관습에 의해 추락한,
자연이 만든 바보가 아닌 바보로 길러진 우리.
어떠한 정신적인 진보도 모두 가로막힌 채
그저 아둔하도록 예정되고 설계되었네.
설령 누군가 열렬한 상상과 열망을 품어
남들을 앞질러 높이 솟구치려 하면
강력한 반대의 무리는 끊임없이 나타나니

번영을 향한 희망은 두려움에 압도되고 마네.

분명 윈칠시 부인의 마음은 '모든 반대를 극복하고 눈부시게 빛나지'는 않았을 것입니다. 오히려 증오와 불만에 휩싸여 어지러웠겠지요. 그녀에게 인류는 두 개의 세력으로 나뉘어 있습니다. 남성은 '반대' 세력이지요. 그녀가 남성을 증오하며 두려워하는 것은 자신이 하고자 하는 글쓰기를 그들이 얼마든지 방해할 수 있는 권력을 가지고 있기 때문입니다.

슬프구나! 펜을 들려는 여인은
주제넘은 동물로 간주되어
그 잘못을 어떤 미덕으로도 구제할 수 없다네.
그들은 말하네. 우리가 성(性)과 그에 따른 생활 양식을 착
각하고 있다고.
훌륭한 교양과 행실, 춤과 의상, 유희가
우리가 마땅히 바라야 할 소양이라고,
글을 쓰고 읽으며, 생각하거나 탐구하는 일은
우리의 아름다움을 바래게 하고 시간을 낭비하는 것이라고,
한창때 남자들의 정복 행위를 방해할 뿐이라고,
반면 굴욕적이며 지루하기만 한 집안 살림만이
우리가 누릴 최고의 기술이자 역할이라고.

심지어 그녀는 자신이 쓴 글이 절대 출판될 리 없다고 생각함으로써 글을 쓸 용기를 북돋아야만 했습니다. 또한 그녀는 이렇게나 슬픈 노래로 자신을 위로해야만 했습니다.

> 몇 안 되는 벗들에게, 그대의 슬픔에게 노래하라.
> 그대는 월계관을 쓰도록 태어나지 않았으니
> 그대의 그늘에 어둠을 드리우고, 그곳에서 만족하라.

하지만 윈칠시 부인이 증오와 두려움에서 벗어나 쓰디쓴 고통과 분노의 감정에 휩싸이지 않았을 때는 분명 가슴속의 불길이 뜨겁게 타올라 이따금 온순한 시적 언어들이 흘러나왔지요.

> 빛이 바랜 비단으로도 만들지 않겠네.
> 흐릿하게라도 흉내 내지 못할 저 장미를

마땅히 존 미들턴 머리[당대에 명성을 떨친 영국의 남자 문학 비평가]는 이 글귀에 아낌없는 칭찬을 보냈습니다. 또한 알렉산더 포프는 그녀의 다른 시에서도 몇몇 글귀를 인용해 자신의 작품에 넣었다고 합니다.

> 이제 노란 수선화는 나약한 두뇌를 압도하니,

그 향기로운 고통에 우리는 쓰러지고 마네.

이런 시를 쓸 수 있었던 여성이, 자연을 음미하고 충분히 사색할 능력을 지닌 여성이 쓰디쓴 고통과 분노에 사로잡힐 수밖에 없었다는 것은 너무나 안타까운 일입니다. 하지만 그녀가 홀로 이 상황에서 어떤 일을 할 수 있었겠습니까? 나는 이 질문을 되뇌며 사람들의 조소, 아첨꾼의 아부, 전문 시인의 미심쩍은 시선 같은 것을 떠올렸습니다. 분명 윈칠시 부인은 집필을 위해 자신을 시골에 있는 어떤 방에 가두었을 것이고, 아마도 쓰라림과 망설임 속에 마음이 가리가리 찢겨졌을 것입니다. 남편이 너무나 자상한 사람이었다 하더라도, 그들의 결혼 생활이 순탄했더라도 마찬가지였을 것입니다. 내가 '분명 ~했을 것'이라고 말하는 이유는 윈칠시 부인에 대한 자료를 찾다 보면—흔히 그렇듯이—그녀에 대해 알려진 사실이 거의 없다는 것만 확인되기 때문입니다. 실제로 윈칠시 부인은 극도의 우울감에 시달리기도 했습니다. 우리는 우울한 감정에 사로잡혔을 때 어떤 상상을 하게 되는지, 그녀가 들려주는 이야기를 통해 어느 정도 깨닫게 됩니다.

나의 시는 비난의 대상이 되고,
내가 하는 일은 쓸모없고 어리석으며, 주제넘은 일이라 여겨
지네.

여기서 비난의 대상이었던 일은 우리가 흔히 그렇듯이 논이나 들판을 거닐며 공상하는 전혀 무익한 것이었습니다.

> 내 손은 색다른 것을 더듬기 좋아하고
> 익히 알려진 평범한 길을 벗어나려 하네.
> 하지만 빛이 바랜 비단으로도 만들지 않겠네.
> 흐릿하게라도 흉내 내지 못할 저 장미를

만약 그 일이 그녀의 습관이자 즐거움이었다면, 세상의 비웃음을 기대할 수밖에 없었을 것입니다. 실제로 포프와 존 게이는 그녀를 '글을 끼적거리고 싶어 안달이 난 블루스타킹[과거 런던 사교계에서 여성 문인이나 학자 등을 비하하던 말]'에 비유하며 조롱했지요. 그녀 또한 존 게이를 향해 비웃음을 터뜨려 모욕을 주었다고 합니다. 존 게이가 쓴 시인 「트리비아」를 읽고 "그는 의자에 앉아 있기보다 의자 앞에 서서 걸어 다니기에 적합한 사람"이라고 평했다는 것을 보면 말이지요. 하지만 이에 대해 존 미틀턴 머리는 모두 '뜬구름 잡는 이야기'일뿐더러 흥미롭지도 않다고 말했습니다. 하지만 나는 그 말에 동의하지 않습니다. 설령 그런 이야기라도 좀 더 많이 있었다면 분명 좋았겠지요. 논이나 들판을 거닐며 공상에 빠지는 것을 사랑했고, 아주 경솔하고 현명치 못하게도 '굴욕적이며 지루하기만 한 집안 살림'을 경멸했던 이 우울한 부인에게 어떤 심상을 찾거나 심상을 만들 수 있는 요소라도 줄 수 있게 말이지요. 머리 씨는 그녀가 하나에 온전히 집중하지 못했다고도 말합니다. 하지만 그녀의 재능은 무성한 잡초와 가시나무로 뒤덮이고 말았지요. 이는 자신의 고귀하고도 섬세한 재능을 선보일 기회 자체가 없었다는 것을 말합니다.

나는 이런 생각을 하고는 그녀의 책을 다시 서가에 놓으며, 또 다른 부인의 사례를 찾아보았습니다. 이내 마거릿 뉴캐슬 공작 부인이 생각났지요. 수필가 찰스 램이 사랑했던 그녀는 윈칠시 부인보다 나이가 많았고, 변덕스럽고도 막돼먹은 심성으로 유명했지요. 동시대를 산 두 여인의 삶은 매우 달랐지만, 귀족 출신과 슬하에 자식을 두지 않았다는 공통점도 있습니다. 또한 두 사람 모두 훌륭한 남편과 결혼했다는 사실도 비슷하군요. 두 사람은 똑같이 시에 대한 열정을 지니다가 똑같은 이유로 망가지게 됩니다. 공작 부인의 책을 읽노라면, 그녀 또한 분노가 폭발하고 있음을 알 수 있습니다.

"여성은 박쥐나 올빼미처럼 살고, 짐승처럼 일하다가 벌레처럼 죽는다……."

마거릿 역시 시인이 될 수도 있었을 것입니다. 요즘 같은 때에 시인으로 활동했다면 운명이 달라졌을지도 모르겠군요. 하지만 당시에는 어떻게 그 풍요롭지만 거칠고 교육받지 못한 지성을 인류에게 도움이 되도록 길들이고 교화할 수 있었을까요? 물론 이러한 지성은 운문과 산문, 시와 철학의 급류를 타고 마구 뒤엉킨 채 쏟아져 나왔겠지만, 결국 지금은 아무도 읽지 않은 어느 2절판이나 4절판 책 속에 굳어 있을 뿐입니다. 그녀는 손에 현미경을 들고, 별을 과학적으로 관찰하며 사고하는 법에 대해 배웠어야 합니다. 하지만 그녀의 지성은 끝없는 고독과 자유를 향한 열망 속에 묻히고 말았지요. 아무도 그녀에게 관심을 주지 않았습니다. 아무도 그녀를 가르치려 하지 않았습니다. 교수들도 그녀의 비위만 맞출 뿐이었습니다. 궁정에 있는 사람들은 하나같이 그녀를 비웃었습니다. 에거튼 브리지스[영국의 정치가] 경은 그녀의 행동거지에 대해 '궁정에서 자란 높은 신분의 여인에게 나오는 것치고는' 미개하다며 비판하기도 했습니다. 결국 그녀는 자신을 웰벡 거리에 가두어야만 했습니다.

마거릿을 생각하면 얼마나 외롭고도 격렬한 광경이 떠오르는지요! 마치 거대한 오이가 정원을 집어삼키기라도 할 것처럼 넝쿨을 뻗어 장미와 카네이션을 목 졸라 죽이는 장면을 보는 듯한 느낌이 듭니다. "가장 훌륭히 자란 여성은 세상 사람들과 가장 잘 어울리는 이"라는 글을 쓴 사람이 너무나 터무니없는 이야기를 늘어놓고, 어리석은 행동에 빠져 은둔하다가 시간을 헛되이 보내고, 심지어 그녀가 밖에라도 나설 때면 사람들이 마차 주위로 몰려들어 구경할 정도였다고 하니 이 얼마나 크나큰 낭비입니까! 틀림없이 그 미친 공작 부인은 현명한 소녀들을 겁에 질리게 할 정도로 요망하고 간사한 마귀가 되고 만 것입니다. 나는 공작 부인의 책을 밀고, 도로시 오즈번의 서한집을 펼쳤습니다. 그 책의 어딘가에 공작 부인이 쓴 신간 도서에 대해 도로시가 템플[도로시 오즈번의 남편]에게 쓴 편지가 있다는 것을 기억했습니다.

"분명 가엾은 그 여인은 정신이 나간 것만 같아요. 그렇지 않고서야 그 위험을 무릅쓰며 운문을 쓰려 할 만큼 우스운 짓을 하겠어요. 나는 보름 동안 잠을 자지 못하더라도 저렇게까지 되지는 않을 거예요."

이처럼 현명하고 조신한 여성은 절대 책을 쓰면 안 됐기 때문에, 공작 부인과는 정반대로 예민한 감성과 음울한 성격을 지닌 도로시는 어떤 글도 쓰지 않았습니다. 다만 편지만은 예외였습니다. 모름지기 편지는 병상에 계신 아버지의 침대 옆에서도 쓸 수 있었기 때문이지요. 그녀는 남자들이 이야기를 나누고 있을 때, 그들에게 방해가 되지 않도록 조용히 난롯가에 앉아 편지를 적었을 것입니다. 나는 도로시의 서한집을 차근차근 넘기며, 사람들과 어울리지도 못했을 뿐더러 제대로 된 학습을 받지 못했던 그녀가 의외로 문장 구성력과 장면을 묘사하는 능력이 뛰어났다는 것을 깨달았습니다. 이어지는 이야기를 잘 들어 보십시오.

"우리는 점심을 먹고 둘러앉아 이야기를 나눴어요. B 씨가 무엇인가를 물어보러 들어오는 바람에 나는 바깥으로 나왔지요. 무더웠던 한낮 동안은 책을 읽고 일하며 보내다가 6시나 7시쯤 나는 집 바로 앞에 있는 공터로 나갔어요. 여러 여자아이가 그늘에 앉아 양과 암소를 바라보며 이야기시를 부르고 있더군요. 나는 그 소녀들에게 조심스레 다가가 예전에 책에서 읽었던 양치기 소녀와 그들이 빚어내는 목소리와 아름다움을 견주어 보았어요. 물론 차이는 꽤 있었지만, 이 아이들도 양치기 소녀만큼이나 순진무구할 것 같아요. 나는 그 아이들과 이야기도 나누었는데, 그들은 세상에서 더없이 행복한 사람 같아 보였어요. 자신들이 그렇다는 사실을 모른다는 것만 빼면 말이지요. 한창 이야기를 나누던 중에 어느 아이가 주위를 두리번거리다 자기 암소들이 밭으로 뛰어 들어가려는 것을 보자, 그들은 하나같이 발꿈치에 날개라도 단 것처럼 뛰어갔지요. 그렇게 빨리 움직이지 못하는 나는 그만 뒤처지고 말았어요. 그 아이들이 가축을 몰고 집으로 향하는 것을 보고 나서야 나도 이제는 그만 집에 돌아가야겠다고 생각했지요. 저녁을 먹고는 정원에 나가 그 옆에 흐르고 있는 작은 개울을 바라보았어요. 그곳에 앉아 있으니 당신도 이 자리에 함께 있으면 좋겠다는 생각이 들었지요……."

이 글을 보는 누구라도, 그녀에게 작가의 기질이 다분하다는 것을 단언할 수 있을 것입니다. 하지만 '보름 동안 잠을 자지 못하더라도 저렇게까지 되지는 않을 것'이라는 말 속에서 우리는 글을 쓰는 여성에 대한 반감이 얼마나 심했을지 추측해 볼 수 있습니다. 심지어 글쓰기에 비범한 재능을 지녔다고 인정받는 여성이라도, 책을 쓴다는 것은 너무나 우스운 일이라는 취급을 받았지요. 몇몇은 그런 이들의 행동이 정신 착란이라고까지 믿었을 정도였지요. 나는 도로시 오즈번이 남긴 단 한 권의 서한집을 선반 위에 올려놓고, 이제는 벤 부인[애프라 벤, 영국에서 처음으로 글쓰기로 생계를 꾸린 여성]에 대해 생각해 보기로 했습니다.

벤 부인으로 말미암아 우리는 이 여정에 있어 매우 중요한 변곡점을 마주하게 됩니다. 자신만의 정원에 갇혀 2절판 책을 쓰며 스스로를 가두어 버리고는, 누구 하나 읽는 사람이나 비평하는 사람 없이 오로지 자신의 즐거움을 위해 글을 쓸 수밖에 없었던 고독한 귀부인들과는 작별을 고하게 되는 것입니다. 이제 우리는 정원이 아닌 시내로 나와, 평범한 사람들과 어깨를 스치며 걷게 됩니다. 중산층 여성이었던 벤 부인은 유머, 활력, 용기 같은 평민들의 미덕을 모두 지닌 사람이었습니다. 하지만 그녀는 남편의 사망과 몇몇 불행한 사건들로 말미암아 오롯이 자신의 능력으로 생계를 이어 가야만 했습니다. 그녀는 남자들과 똑같이 노동해야만 하는 입장에 놓인 것입니다. 그녀는 열심히 일해서 먹고살 수 있을 정도의 수입을 너끈히 벌었습니다. 이러한 사실들이 지니는 중요성은 그녀가 「1,000명의 순교자를 만들었네」와 「사랑은 환상적 승리 안에 내려앉았네」 같은 훌륭한 작품을 집필했다는 사실보다 훨씬 소중한 것입니다. 이로 말미암아 마음의 자유, 아니 마음이 가는 대로 자유롭게 글을 쓸 수 있다는 가능성이 움트기 시작했기 때문입니다. 애프라 벤의 선례를 보았으니, 이제 소녀들은 부모에게 용돈을 주지 않아도 된다고, 자신이 글을 써서 돈을 벌면 된다고 답할 수도 있게 된 것입니다. 물론 부모들은 적어도 향후 몇 년간은 "그래, 애프라 벤처럼 살겠다는 거구나. 그렇게 살려면 차라리 죽는 게 낫겠다!" 같은 식으로 답하겠지만, 이 말을 듣고 나오는 문은 다른 때보다 세차게 닫힐 것입니다. 이때쯤 우리는 '남자가 여성의 정절에 대해 부여하는 가치와 그것이 여성의 교육에 미치는 영향'이라는 흥미로운 주제에 대해 논의할 수 있을 것입니다. 만일 거튼이나 뉴넘의 어느 학생이 이 문제를 보다 심도 깊게 연구한다면 꽤나 흥미로운 책이 나올 수도 있겠지요. 그 책의 겉표지에는 더들리 부인[엘리자베스 1세]의 모습이 쓰이면 좋겠군요. 곤충으로 그득그득한 스코틀랜드의 어느 황무지에서 다이아몬드로 온 몸을 휘감고 있는 그녀의 모습 말이지요. 일전에 더들리 부인이 작고했을 때, 〈타임스〉는 이렇게 보도했습니다.

"더들리 경은 고상한 취미와 풍부한 재능을 지닌 남자로 온화하고 너그러웠지만, 너무나 변덕스러운 데다가 독재적인 면이 있었다. 그는 아내가 항상 정장을 갖춰 입기를 고집했는데, 이는 스코틀랜드 고지에서 가장 외딴 곳에 있는 사냥터 막사에 있을 때도 마찬가지였다. 그곳에서 그는 아내에게 화려한 장신구들을 잔뜩 가져다주었다. 그는 아내에게 모든 것을 선사했지만, 책임에 대한 해방만은 예외였다."

그러다가 더들리 경이 뇌졸중을 앓게 되자, 더들리 부인은 남편을 간호하며 뛰어난 역량을 발휘해 재산을 관리하기도 했습니다. 이렇게 이유를 알 수 없는 독재는 19세기도 존재했던 것입니다.

하지만 다시 생각해 볼까요. 애프라 벤은 기꺼이 여성의 자질을 희생했을지도 모르지만, 어쨌든 글쓰기로 돈을 벌 수 있다는 사실을 입증했습니다. 사람들에게 이 사실은 '글쓰기는 어리석음이나 분열된 마음을 상징하는 것이 아닌 실제적 중요성을 지닌다.'는 것을 차츰 받아들일 수 있도록 해 주었을 것입니다. 남편이 갑자기 사망하거나, 어떤 재앙이 갑자기 가족을 덮쳐 올 경우도 있습니다. 18세기에 이르러 수백 명의 여성은 생계를 꾸려 나가거나 용돈 벌이를 하기 위해 번역하거나 조금은 저급한 소설을 쓰기도 했지요. 이 소설들은 교과서로 전해지지는 않지만, 채링크로스[런던 도심에 있는 번화가]에 놓인 4페니짜리 상자에서는 얼마든지 골라잡을 수 있습니다. 18세기 후반, 여성들 사이에서 왕성히 일어난 지적인 활동—모임과 대담, 셰익스피어에 대한 평론 쓰기, 고전 번역 등—은 여성도 글쓰기로 돈을 벌 수 있다는 분명한 사실이 존재했기 때문에 가능했습니다. 돈을 받지 못할 때는 하찮게 생각되던 일도, 일단 돈을 받게 되면 꽤나 중요한 일이 되는 것입니다. '글을 끼적거리고 싶어 안달이 난 블루스타킹'이라는 조롱은 여전했지만, 그렇게 말하는 이들 또한 그들이 글쓰기로 돈을 벌 수 있다는 사실을 부정할 수는 없었을 것입니다. 그렇게 18세기가 저물어 갈 무렵, 변화가 찾아온 것입니다. 내가 만약 역사를 다시 집필할 수 있다면, 이 변화를 십자군 전쟁이나 장미 전쟁보다 훨씬 자세하게 서술하고, 훨씬 더 비중 있게 다룰 것입니다.

중산층 여성들이 글을 쓰기 시작했습니다. 『오만과 편견』, 『미들마치』, 『빌렛』, 『폭풍의 언덕』 같은 여성 작가들의 작품이 쓰인 사실이 중요하다면, 외딴 시골에서 2절판이나 4절판의 책에 갇혀 있던 귀족들뿐만 아니라 평범한 여성들이 글을 쓰기 시작했다는 사실 또한 중요합니다. 이는 내가 한 시간의 강연으로는 다 표현할 수 없을 정도로 중요합니다. 이런 선례가 없었다면 제인 오스틴과 브론테 자매, 조지 엘리엇은 앞서 말했던 작품을 집필할 수 없었을 것입니다. 크리스토퍼 말로가 없었다면 셰익스피어도 작품을 쓸 수 없었을 것이며, 제프리 초서가 없었다면 말로 또한 없었을 것이며, 우리의 기억에서 사라진 옛 시인들이 앞서 길을 닦고 나아가 자연 상태의 언어를 길들이지 않았다면, 초서 또한 나타날 수 없었을 것입니다. 걸작은 외딴곳에서 홀로 태어나는 것이 아닌, 오랜 세월에 걸쳐 사회 전체가 공유한 생각의 산물이지요. 또한 그

목소리는 설령 개인의 목소리일지라도 집단의 경험이 녹아 있는 법입니다. 제인 오스틴은 패니 버니의 무덤에 꽃을 바쳐야 할 것이며, 조지 엘리엇은 엘리자 카터—언제나 아침에 일찍 일어났고, 그리스어를 학습하기 위해 침대에 종을 매달고 잤던 당찬 노부인—가 지녔던 씩씩한 그림자에 대해 경의를 표해야 할 것입니다. 숱한 논란에도 마땅히 그녀의 자리인 웨스트민스터 사원에 놓인 애프라 벤의 묘지에는 모든 여성이 꽃을 바쳐야 할 것입니다. 여성이 속마음을 말할 수 있는 권리를 가져다준 것이 바로 그녀의 공이기 때문이지요. 비록 그녀의 삶에는 어두운 부분도 있었고 그녀를 둘러싼 여러 염문이 있었던 것도 사실입니다. 하지만 그녀 덕분에 "여러분의 능력으로 매년 500파운드의 수입을 내시기 바랍니다."라는 내 말에도 여러분이 허튼소리라고 생각하지 않게 된 것입니다.

자, 이제 우리는 19세기로 왔습니다. 이제 나는 처음으로 서가의 몇 칸 정도가 여성들의 작품으로 채워져 있는 것을 보게 됩니다. 하지만 나는 이것들을 훑어보며 의문을 제기했습니다. 왜 극소수를 제외하고 이 작품들은 하나같이 소설인 것인가. 원래 그녀들이 지녔던 충동은 시적인 것이었습니다. '시가의 우두머리[고대 그리스의 여성 시인 '사포'를 이르는 말]'라고 불리는 이 또한 여성이었지요. 프랑스와 영국의 경우에도 여성 소설가보다 여성 시인이 먼저 등장했고요. 더구나 저명 있는 여성 작가 네 명의 이름을 보며 나는 이런 생각을 했습니다. 조지 엘리엇은 에밀리 브론테와 어떤 공통점이 있었던 것인가? 샬롯 브론테는 제인 오스틴을 전혀 이해하지 못하지 않았나?[샬롯 브론테는 제인 오스틴의 작품에 대해 비판적 입장을 취했음] 네 사람 모두 슬하에 아이를 두지 않았다는 사실을 제외한다면, 이렇게나 성격이 다른 인물들이 한 방 안에 만나기도 힘들 정도였습니다. 그래서 나는 그들이 만났다면 어떤 대화를 나누었을지 상상으로라도 만들어 보고 싶은 유혹을 느끼기도 했습니다. 하지만 이런 사람들도 펜을 들게 된다면, 모두들 어떤 기이한 힘에 이끌려 소설을 쓰노록 강요받게 된 것입니다. 혹시 그들이 중산층 출신이라는 것에서 어떤 연관성을 찾을 수 있지는 않을까? 나는 이런 생각도 해 보았습니다. 에밀리 데이비스[영국의 참정권 운동가이자 거튼 칼리지의 공동 설립자]가 증명한 것처럼 19세기 중산층의 가정에는 거실이 하나뿐이었다는 사실에서 어떤 연관이 있지 않을까? 만약 여성이 글을 쓴다면, 분명 가족이 모두 사용하는 거실에서 작업해야만 했을 것입니다. 나이팅게일이 격정적으로 토로했던 "여인은 단 30분도…… 자기의 뜻대로 쓸 수 없었다." 같은 말처럼 그녀에게는 지속적인 방해가 이어졌을 테지요. 하지만 소설이나 산문을 쓰는 것이 시나 희곡을 쓰는 것보다는 쉬웠을 것입니다. 보다 집중력을 덜 써도 되는 갈래이기 때문이지요. 제인 오스틴은 생이 다할 때까지 그런 환경에서 글을 써야만 했습니다. 그녀의 조카는 제인 오스틴의 회고록에 이런 말을 남기기도 했습니다. "어떻게 숙모님께서 이 모든 것을 해내실 수 있었는지 생각하면 절로 놀라울 따름이다. 숙모님은 분명 우리가 찾아갈 만한 독립적인 서재가 없었을 뿐더러 대부분 작품을 거실에서 집필하셨기 때문에 온갖 일상의 방해를 받아야 했기 때문이다. 심지어 숙모님은 자신의 일을 하인이나 외부 방문객 같은 가족 이외의 사람들에게 들키지 않도록 항상 조심해야만 했다."

이를 위해 제인 오스틴은 항상 원고를 숨기거나 원고를 흡묵지로 덮어 놓아야만 했지요. 또한 19세기 초에 여성이 받았던 문학 교육이라고는 단순히 인물을 관찰하거나 그들의 감정을 분석해 보는 것이 고작이었기에 그녀의 감수성은 몇 세기에 걸쳐 가족들이 함께 쓰던 거실의 영향을 받아 형성된 것입니다. 인물들의 감정은 그렇게 그녀에게 강한 인상을 남겼고, 개인 사이의 관계는 그렇게 그녀의 눈앞에 펼쳐졌지요. 그렇기에 중산층 여성은 소설을 쓸 수밖에 없었던 것입니다. 물론 내가 언급한 네 명의 여인 중 두 사람은 천성적인 소설가는 아니었습니다. 에밀리 브론테는 시가를 썼다면 더 좋았을 것입니다. 조지 엘리엇은 그토록 크나큰 마음에 흐르는 창조에 대한 열의를 역사나 전기로 펼쳐 냈으면 좋았을 것입니다. 하지만 이들은 모두 소설을 썼습니다. 나는 서가에서 『오만과 편견』을 꺼내며 그들은 정말 훌륭한 소설을 썼다고 생각했습니다. 남자들에게 자랑하거나 상처를 주기는 싫지만, 분명 『오만과 편견』은 훌륭한 책이라 말할 수 있습니다. 이 작품을 쓰는 동안 설령 누군가에게 들켰다 하더라도 전혀 부끄러워할 필요가 없을 정도로 월등한 작품입니다. 하지만 제인 오스틴은 문이 삐걱거리는 소리로 원고를 숨길 수 있다는 것을 다행으로 여겼습니다. 그녀에게만큼은 무언가 이 작품을 쓰는 것이 수치스럽게 느껴졌기 때문입니다. 만약 제인 오스틴이 누군가에게 원고를 숨길 필요가 없다고 생각했다면, 『오만과 편견』은 더욱더 뛰어난 소설이 되었을까 하는 의문이 들었습니다. 나는 이를 알아보기 위해 책을 한두 페이지 읽어 보았습니다. 하지만 그녀의 상황을 알아차릴 수 있을 정도로 작품에 악영향을 미쳤다고 느낄 수 있는 흔적은 전혀 찾아볼 수 없습니다. 이것이야말로 너무나 기적 같은 일일 것입니다. 1800년대 당시 그 어떤 증오나 비통함 없이, 두려움에 빠지지 않고, 항변하거나 설교하는 일도 없이 글을 쓰는 여성이 여기에 있었던 것입니다.

나는 「안토니와 클레오파트라」를 바라보며 셰익스피어가 글을 쓸 때의 마음 또한 그랬을 것이라고 여겼습니다. 제인 오스틴과 셰익스피어를 비교해 보려는 사람들은 두 작가의 마음이 자신들을 방해하는 모든 것을 다 소멸시켰을 것이라 생각할 것입니다. 바로 그 이유 때문에 우리는 제인 오스틴을 알지 못하고, 셰익스피어를 알지 못하는 것입니다. 또한 그런 이유 때문에 제인 오스틴이 썼던 모든 단어 안에 그녀가 녹아 있고, 셰익스피어가 썼던 모든 단어 안에 그가 녹아 있는 것입니다. 만약 제인 오스틴이 자신의 환경에서 어떤 고통을 느꼈다면, 그것은 제한될 수밖에 없었던 삶 때문이었을 것입니다. 그 시대에 여성은 홀로 밖을 돌아다닐 수 없었습니다. 그렇기에 그녀는 단 한 번도 여행을 떠나 본 적이 없었습니다. 혼자 마차를 타고 런던 시내를 거닐거나, 홀로 식당에 들어가 점심을 먹은 적도 없었습니다. 어쩌면 자신이 갖지 못하는 것은 바라지 않는 것이 그녀의 성격이었을지도 모르지요. 어쨌든 그녀의 재능과 상황은 완벽하게 들어맞았던 것입니다. 하지만 나는 『제인 에어』를 펼쳐 『오만과 편견』 옆에 놓으며, 과연 이 경우가 샬롯 브론테에게도 적용될 수 있을지 의심해 보았습니다.

『제인 에어』의 12장을 펼치자, "누구든 마음대로 나를 비난해도 상관없다."라는 구절에 눈이 갔습니다. 왜 사람들은 샬롯 브론테를 비난했던 것일까요? 나는 페어팩스 부인이 젤리를 만드는 동안 제인 에어가 지붕 위에 올라가 드넓은 들판을 바라보는 모습을 묘사한 부분을 읽었습니다. 그곳에서 제인 에어는 염원합니다(제인 에어는 바로 이 점 때문에 비난의 대상이 되었지요).

"순간 나는 경계 너머의 세상을 바라볼 수 있는 능력이 있다면 좋을 것이라고 생각했다. 들어 보기는 했지만 보지 못했던 분주한 세상, 활기로 가득 찬 도시와 곳곳의 지역들까지 볼 수 있기를 염원했다. 또한 나는 지금 내가 가진 것보다 훨씬 풍부한 실제적 경험을 쌓을 수 있기를 바랐다. 나와 비슷한 부류의 사람들과 더욱더 많은 교제를 나누고, 나아가 이곳에서 만나지 못하는 다양한 성격을 지닌 사람들과 우정을 쌓고 싶었다. 나는 페어팩스 부인과 아델라의 장점을 높이 사기는 하지만, 이와 다른 방식의 보다 활기 넘치는 미덕이 있다고 여겼다. 나는 내가 믿는 이러한 것들을 직접 마주하고 싶었다."

"누가 나를 비난하는 것인가? 물론 많은 사람이 그러할 것이다. 그들은 내가 불만으로 가득 차 있다고 말할 것이다. 하지만 나도 어쩔 수 없는 일이었다. 쉽사리 가라앉힐 수 없는 열망이 내 안에 존재했고, 그것은 종종 나를 고통에 휩싸이게 했다……."

"인간이 평온한 삶에 만족해야 한다고 말하는 것은 분명 허황된 일이다. 인간은 활동해야만 한다. 설령 이를 찾지 못한다면, 인간은 일부러 만들어서라도 활동할 것이다. 하지만 수백만에 달하는 사람들이 나보다 더 정적인 삶을 사는 비운에 처해 있고, 또 수백만의 사람들은 자신의 운명에 조용히 반기를 들고 있다. 이 땅에 살아가는 저 수많은 생명체 속에 얼마나 무수한 저항이 깃들고 있을지 아무도 알 수 없다. 흔히 여인은 차분한 성격을 지녔다고 생각한다. 하지만 여성도 남성과 똑같은 것을 느낀다. 여성도 자신의 남자 형제들처럼 자신의 역량을 키우기를 바라며, 자신의 노력을 기울일 공간이 필요하다. 남성과 마찬가지로 여성도 너무나 지나친 통제와 절대적인 침체 때문에 괴로워한다. 또한 여인은 단지 푸딩을 만들거나, 양말을 깁고, 피아노를 치거나, 가방에 수를 놓는 일에 전념해야 한다고 말하는 것은 더 많은 특권을 누리는 남자들의 옹졸한 생각일 뿐이다. 만약 여성이 관습적으로 꼭 필요한 것보다 더 많은 일을 배우려고 할 때, 그들을 손가락질하거나 조롱하는 것은 어리석은 행동이다."

"이렇게 홀로 있노라면, 나는 가끔 그레이스 풀의 웃음소리가 들렸다⋯⋯."

여기서 나는 이 부분이 조금 어색하게 끊어진 것은 아닌가 생각했습니다. 갑자기 그레이스 풀이 등장하는 것은 혼란을 일으키지요. 연속성이 파괴되는 것입니다. 하지만 나는 『제인 에어』를 『오만과 편견』 옆에 내려놓으며, 이런 글을 쓰는 사람이야말로 제인 오스틴보다 뛰어난 재능을 지녔을지도 모른다고 생각했습니다. 하지만 그녀의 작품을 반복해서 읽어 본다면, 그래서 작품에 내재된 경련과 분노를 발견할 수 있다면, 그녀는 절대 온전히 자신의 재능을 발현하지 못했으리라는 것을 알 수 있을 것입니다. 그녀의 책들은 뒤틀리고 만 것입니다. 차분하게 글을 써야 할 때, 갑자기 분노가 튀어나오는 것입니다. 현명하게 글을 써야 할 때, 아둔한 판단이 튀어나오는 것입니다. 소설의 등장인물에 대한 이야기를 써야 할 때, 자신의 이야기를 쓰고 싶다는 열망이 튀어나오는 것입니다. 어쩌면 그녀는 자신이 마주한 운명과 전쟁을 벌이고 있는 것입니다. 그러니 뒤틀리고 꺾이던 그녀는 젊은 나이에 생을 마감할 수밖에 없었던 것입니다.

만약 샬롯 브론테가 1년에 300파운드를 소유할 수 있었다면 어떤 일이 일어났을까요? 나는 잠시 생각해 보지 않을 수 없었습니다. 하지만 그 아둔한 여인은 자신의 소설을 1,500파운드에 곧장 팔아넘기고 말았습니다. 만약 그녀가 보다 많이 분주한 세상, 활기로 가득 찬 도시와 곳곳의 지역들에 대해 알았고, 보다 많은 부류의 사람들과 다양하게 교제를 나눴더라면 어떤 일이 일어났을까요? 앞서 인용했던 글에서 그녀는 자신이 소설가로서 가진 결함뿐만 아니라 당시 여성에게 결핍되었던 부분을 지적하고 있습니다. 저 멀리 드넓게 펼쳐진 들판을 홀로 바라보기만 하는 것에 자신의 재능을 소진하지 않았더라면, 그녀에게 경험과 교제와 여행이 허락되었더라면 얼마나 많은 이익이 되었을지 샬롯 브론테는 누구보다 잘 알고 있었습니다. 하지만 그런 것들은 허용되지 않았습니다. 그런 욕망들은 억눌리고 말았습니다. 우리는 『빌렛』, 『엠마』, 『폭풍의 언덕』, 『미들마치』 같은 훌륭한 소설들이 다분히 점잖은 성직자의 집안에서 허용될 정도의 경험밖에 가지지 못한 여성들에 의해 쓰였다는 것을 기억해야 합니다. 또한 그들의 집필 장소가 그 점잖은 집 안의 거실이었다는 것과 그들이 너무 가난했던 탓에 『폭풍의 언덕』이나 『제인 에어』를 써야 할 종이를 너무나 조금밖에 구할 수 없었다는 것을 기억해야 합니다. 물론 이들 중 조지 엘리엇은 고된 시련을 이겨내고 그곳을 탈출하는 데 성공했지만, 고작 세인트존스 우드에 있는 외딴 별장으로 달아났을 뿐입니다. 그곳에서 그녀는 여전히 자신을 인정하지 않는 세상의 그림자 속에 드리워져 있어야 했습니다. 그녀는 "초대를 요청하지 않으신 분들은 절대 초대해 드리지 않음을 이해해 주시기 바랍니다."라는 말을 남기기도 했습니다. 이미 결혼한 남자와 동거하고 있었으니, 스미스 부인이든 누구든 그녀를 우연히 맞닥뜨려 정절을 훼손해서야 되겠습니까? 인간이라면 누구나 사회적 관습에 복종해야 하기 때문에, 그녀는 '소위 말하는 세상으로부터 단절되어야만' 합니다. 하지만 동시대 유럽의 한편에서는 어떤 젊은이가 집시 여인, 혹은 귀부인과 자유분방하게 살아가고 있었습니다. 그는 전쟁에 참가하기도 했지요. 누구의 검열이나 방해도 받지 않은 채 다양한 인간의 삶을 경험했고, 그것은 후에 그 청년이 책을 쓰는 데 크나큰 자산이 되었습니다. 톨스토이가 결혼한 여성과 '소위 말하는 세상으로부터 단절되어 프라이어리[조지 엘리엇이 결혼한 남성과 거주했던 곳]에 머물렀다면, 이를 통해 제아무리 훌륭한 도덕적 교훈을 얻었더라도『전쟁과 평화』를 쓸 수는 없었을 것입니다.

하지만 우리는 소설을 쓰는 문제와 성별이 소설가에게 미치는 영향에 대해서는 조금 더 깊이 접근해 볼 수 있을 것입니다. 만약 눈을 감은 채 소설에 대해 전체적으로 생각해 본다면, 소설은 거울처럼 삶을 투영하는 창작물로 볼 수 있을 것입니다. 물론 창작 과정에서 너무나 많은 것을 단순화하고 왜곡하는 면이 있기는 하지만요. 어쨌든 소설은 마음의 눈에 어떤 형상을 남기는 구조물입니다. 그 형상은 때로는 사각형으로, 때로는 탑 모양으로 형성되지요. 또한 어떤 때는 그 탑에서 양옆으로 뻗어 가 회랑을 만들거나, 콘스탄티노플의 성 소피아 대성당처럼 굳센 형상에 둥근 지붕을 얹은 모양이 되기도 하지요. 유명한 소설 몇 권 정도를 떠올려 본다면, 이러한 형태는 그에 합당한 감정을 우리의 내면에 불러일으킨다는 것을 알 수도 있습니다. 하지만 이러한 감정은 곧 다른 감정과 혼합되고 말지요. 그것은 그 '형태'가 벽돌과 벽돌의 관계가 아닌, 사람과 사람의 관계로 말미암아 만들어지기 때문입니다. 이렇게 소설은 우리 내면에 다양한 종류의 상반되며 적대적인 감정을 불러일으키는 것입니다. 삶은 삶이 아닌 다른 어떤 것과 갈등을 일으킵니다. 그렇기에 소설은 어떤 하나의 의견으로 모아지지 않고, 독자의 개인적 편견이 큰 영향력을 행사합니다. '존[어떤 소설의 주인공], 당신은 반드시 살아야 해! 그렇지 않다면 나는 큰 비탄에 젖고 말 거야.'라고 생각하다가도 '존, 유감스럽지만 당신은 죽어야만 해.'라고 생각하기도 합니다. 그것은 그 소설의 형태가 그렇게 되기를 바라고 있기 때문입니다. 삶은 삶이 아닌 다른 어떤 것과 갈등을 일으킵니다. 하지만 그것은 부분적으로는 삶이기 때문에 우리는 그것을 삶이라 여깁니다. 누군가는 "제임스는 내가 정말 기피하는 부류의 남자야."라고 말합니다. 하지만 또 다른 누군가는 "정말 터무니없는 이야기만 늘어놓았군. 나는 그러한 것을 전혀 느낄 수 없었어."라고 말할 수도 있습니다. 우리가 어떤 유명한 소설을 다시금 생각해 볼 때 명백하게 드러나는 것처럼, 그 소설의 전체적인 구조는 너무나 상이한 판단과 다양한 종류의 감정으로 이루어져 있기 때문에 무한한 복잡성을 띠는 것입니다. 신기한 사실은 이런 구조를 지닌 책들이 적어도 1, 2년 이상 살아남는다는 것, 그리고 이 책들이 영국, 러시아, 심지어 중국의 독자들에게 주는 의미가 크게 다르지 않다는 것입니다. 이러한 책들은 너무나 훌륭하게 생명력을 유지합니다. 이처럼 드물게 오래 생존하는 경우(나는 그 예로 『전쟁과 평화』를 생각해 보고 있습니다.), 그것은 소위 성실성에 기반하고 있습니다. 이때 성실성이란 빚을 착실히 갚아 가거나 비상 상황과 마주했을 때 명예로운 선택을 하는 것과는 상관이 없습니다. 소설가에게 성실성이란, 소설 속 내용이 진실이라고 독자에게 어떤 확신을 주는 것을 의미합니다. "맞아. 나는 이 일이 이렇게 되리라는 생각을 해 본 적은 없었어. 이렇게 행동하는 사람을 본 적은 없으니까. 하지만 이 책은 이러저러해서 이런 결과를 낳았다는 확신을 당신이 내게 주었지."라고 독자들이 느끼게 되는 것을 말하지요. 우리는 책을 읽으며 모든 장면과 모든 구절 하나하나를 빛에 비추어 보며 꼼꼼히 바라봅니다. 그것은 아마도 대자연이 기묘하게도 소설가의 성실이나 불성실을 판별할 수 있는 빛을 우리 내면에 넣어 두었기 때문이겠지요. 어쩌면 자연은 어떤 설명할 수 없는 기분에 휩쓸려, 우리가 지닌 마음이라는 벽 위에 오직 뛰어난 예술가만이 보여 줄 수 있는 예민한 감각을 주었는지도 모릅니다. 오직 그의 붓길이 닿아야 눈으로 볼 수 있는 그림 같은 것 말이지요. 이윽고 그 그림이 생명력을 잃는 것을 볼 때, 우리는 흥분과 황홀함이 끓어올라 이런 말을 할 것입니다. "이것이야말로 내가 언제나 알고 느끼고 있었으며 바라던 것이었어!"라고 말입니다. 책장을 덮을 때는 일종의 숭배감마저 느낄 것입니다. 그러고는 마치 평생토록 계속 써야 하는 비상 용품을 모시듯이 그 책을 소중히 서가에 꽂아 놓겠지요. 나는 『전쟁과 평화』를 서가에 꽂아 놓으며 그런 생각을 했습니다. 한편 우리가 어떤 변변찮은 문장을 검토할 때면, 처음에는 환한 빛과 우아한 몸짓으로 날아오르다가 그만 그 자리에서 멈춰 버리고 맙니다. 무언가가 더 나아가지 못하게 막는 것처럼 말이지요. 또 빛에 비추어 볼 때, 한쪽 구석에는 희미하게 휘갈겨 썼다는 흔적이 보이거나 다른쪽에는 얼룩진 곳이 보이며, 온전한 문장이라고는 전혀 찾지 못하게 된다면 우리는 좌절감으로 깊은 한숨을 쉬며 이렇게 말하지요. "이 책은 또 하나의 실패작이군." 이 소설은 어딘가에서 실패하고 만 것입니다.

물론 대부분 소설은 어딘가에서 실패하기 마련입니다. 작가의 상상력은 지나친 긴장 탓에 기우뚱거립니다. 통찰력은 옅어지고 더 이상 진실과 거짓을 구별하기 힘들어집니다. 글을 쓰는 매 순간 다양하고 크나큰 기교들을 활용해야 하는 노동을 유지할 힘을 잃을 수도 있습니다. 하지만 이 모든 것이 소설가의 성별로 말미암아 어떤 영향을 받을까. 나는 『제인 에어』와 몇몇 책들을 바라보며 생각했습니다. 소설가가 여성이라는 것이 어떤 식으로든 소설가의 성실성—작가에게 핵심이라 여겨지는 것—에 방해가 되는 것일까요? 내가 앞서 『제인 에어』에서 인용했던 구절에서는 분명 샬롯 브론테가 지녀야 할 완전성에 분노가 끼어들고 말았다는 것을 알수 있습니다. 자신의 개인적인 비탄에 신경을 쓰느라 마땅히 자신이 전념했어야 할 이야기를 놓치고 만 것이지요. 샬롯 브론테는 자신이 당연히 누려야 할 경험에 굶주렸다는 것을 잘 알고 있었습니다. 자유롭게 세상을 떠돌아다니고 싶을 때, 그녀는 목사관에서 양말을 수선하며 가라앉아 있어야만 했습니다. 결국 그녀의 상상력은 분노 때문에 기우뚱거렸고, 우리는 그 사실을 느낄 수 있게 된 것입니다. 하지만 분노 이외에도 다른 영향력이 그녀의 상상력을 잡아끌고는 그 길에서 벗어나게 만들었습니다. 예를 들면 무지가 있겠군요. 작품에서 로체스터[『제인 에어』의 남자 주인공]의 초상화는 어둠 속에서 그려졌습니다. 우리는 그 안에서 그녀의 두려움이 소설에 미친 영향을 느낄 수 있습니다. 또한 우리는 억눌림에서 비롯된 신랄한 감정과 격렬한 열정 아래 숨겨진 고통, 심지어 훌륭한 작품임이 분명한 그녀의 책들을 경련의 아픔으로 수축되게 만드는 원한의 감정 또한 느낄 수 있습니다.

이렇게 소설은 실생활과 대응 관계를 지니기 때문에 소설 속에 세워진 가치는 실생활의 가치와 어느 정도 같다고 할 수 있습니다. 하지만 여성에 대한 가치만큼은 남성이 세워 놓은 가치와 일치하지 않는 경우가 빈번합니다. 당연한 일이지요. 세상에 널리 퍼져 있는 것은 남성이 만든 가치뿐입니다. 직접적으로 말하자면, 축구와 스포츠는 '중요'하지만 유행을 따르는 것과 옷을 구매하는 것은 '변변찮은' 것이지요. 이런 가치들은 삶에서 소설로 고스란히 녹아듭니다. 어떤 비평가들은 이 책이 전쟁을 다루고 있기 때문에 중요하다고 평합니다. 한편 다른 책은 응접실에 앉은 여인의 감정을 다루고 있기 때문에 변변찮다고 평합니다. 전쟁터에서 일어나는 장면은 상점 안에서 일어나는 장면보다 중요할 수도 있겠습니다. 이러한 가치의 차별은 곳곳에서 더욱 미묘한 방식으로 지속됩니다. 결국 19세기 초반, 여성 작가가 쓴 소설의 전체 구조는 곧게 뻗을 수 없었습니다. 외부의 권위에 순종할 수밖에 없었기에, 원래 지니고 있던 투명한 통찰을 버리고 어쩔 수 없이 바꾼 감정에 의해 형성될 수밖에 없었던 것입니다. 오래되고 잊혀진 소설을 펼쳐서 그 말투를 살펴본다면, 작가가 비평의 대상이 되리라는 것을 예감하는 부분을 접하게 됩니다. 때로는 공격하다가도 화해하기 위해 적잖은 노력을 기울입니다. '남자들보다 못할 게 없다'고 항변하기도 하지만, 그저 '여자라서 그렇다'고 자인하기도 하는 것입니다. 그녀는 자신의 기질대로 때로는 수줍거나 온화하게, 때로는 맹렬히 화를 내며 맞섭니다. 어느 쪽을 택했는지는 중요한 문제가 아닙니다. 어차피 그녀는 다른 무언가를 생각할 수밖에 없었기 때문이지요. 자, 그녀의 책이 우리의 머리 위로 떨어집니다. 그 책의 한가운데에는 뚜렷한 결함이 보입니다. 나는 과수원에 널리고 널린 흠집 난 사과들처럼 런던의 헌책방에 널려 있는 여성 작가들의 소설을 떠올립니다. 그 소설들이 썩은 것은 작품의 한가운데에 자리 잡은 그 결함 때문입니다. 이는 타인의 의견에 따라 자신의 가치를 바꿔 버려서 생긴 것입니다.

하지만 그녀들이 왼쪽이든 오른쪽이든 조금도 움직이지 않을 수는 없었을 것입니다. 가부장적 제도가 만연한 사회에서 무수한 비평과 맞서며 자신의 시선을 오롯이 지켜 내기 위해서는 너무나 큰 재능과 성실성이 필요했겠지요. 제인 오스틴과 샬롯 브론테만이 해낼 수 있는 일이었습니다. 이것은 그들의 또 다른, 아니 어쩌면 가장 큰 업적일 것입니다. 그들은 남자의 글투를 모방하지 않고, 굳건히 여성으로서 글을 썼습니다. 당시 소설을 썼던 수천 명의 여성 중에서 오직 그들만이 불후의 현학자들이 하는 충고—이렇게 쓰고, 저렇게 생각하라.—를 모두 무시했지요. 그들만이 그토록 끊임없는 잔소리에 귀를 기울이지 않았습니다. 현학자들은 때로는 불평하다가 선심을 쓰는 척하고, 때로는 상심에 빠지거나 충격을 받고, 때로는 분노를 내뿜다가 더없이 친절해지는 식으로 끊임없이 그들에게 간섭하려 했지만 말입니다. 그들의 목소리는 여성을 가만히 내버려 두는 법이 없었습니다. 그것은 너무나 열성적인 가정 교사처럼 그녀들에게 들러붙었습니다. 그러고는 에거튼 브리지스 경의 말을 인용해 우아한 몸가짐을 가지기를 명령하거나, 심지어 시에 대한 비평을 해야 할 때 성에 대한 비평을 끌어오기도 했습니다. 또한 여성이 착한 사람이 되어 빛나는 포상을 받고 싶다면, 문제적인 그 신사가 적합하다고 판단하고 있는 범위 안에 머무르라고 훈계하기도 했습니다.

"……여성 소설가들은 자신의 성이 지니는 한계에 대해 용감하게 인정함으로써 탁월한 경지로 진일보할 수 있는 것이다." 이 말을 보면 문제점이 명확히 드러납니다. 놀랍게도 이 문장은 1828년 8월이 아닌 1928년 8월에 쓰였습니다. 지금 이 말이 여러분에게는 재미있게 들릴지 몰라도, 불과 한 세기 전에는 이 목소리가 훨씬 격하고 굳세게 존재했다는 견해에는 충분히 동의하리라 생각합니다(굳이 오래된 웅덩이를 휘젓지는 않겠습니다. 다만 나는 우연히 내 발치로 흘러 들어온 것만을 잡아볼 뿐이지요.). 1828년 당시 젊은 여성이 이 모든 모욕과 꾸중, 빛나는 포상을 받고 싶다는 목소리를 무시하기 위해서는 너무나 굳센 의지가 필요했을 것입니다. 다음과 같은 말을 하려면, 선동가의 면모도 다분히 있어야 했지요. "하지만 그들도 문학만은 매수할 수 없어. 문학은 모든 이에게 열려 있는 법이니까. 설령 당신이 교구 사제라 하더라도 나를 감히 잔디밭에서 쫓아내도록 하지 않겠어. 그래, 도서관 문을 잠그고 싶다면 잠가. 다만 나의 자유로운 마음은 어느 문이나 자물쇠, 빗장으로도 잠글 수 없을 거야."

하지만 그들의 방해나 비평이 여성의 글에 어떤 영향을 미쳤든(물론 나는 지대한 영향을 미쳤으리라 여깁니다.), 그것은 그들(나는 여전히 19세기 초엽의 소설가들을 떠올리고 있습니다.)이 종이 위에 생각을 펼치기 시작했을 때 직면해야만 했던 또 다른 고난에 비하면 아무것도 아니었습니다. 그 고난이란 그들에게 어떤 전통도 없었다는 것, 설령 있다 하더라도 너무나 불완전하고 짧아서 거의 도움이 될 수 없었다는 것입니다. 우리가 여성이라면 자신의 어머니를 통해 과거를 거슬러 올라가려는 법입니다. 물론 쾌락을 위해서는 얼마든지 뛰어난 남자 작가들을 찾아볼 수 있었겠지만, 그들에게 도움을 구하러 가는 것은 아무 쓸모없는 일입니다. 램, 브라운, 새커리, 뉴먼,

스턴, 디킨스, 드 퀸시 혹은 그 밖에 누구라도 여성에게 도움을 준 적은 없습니다. 그들이 썼던 몇몇 기법을 여성들이 배워서 자신의 글에 활용할 수는 있었겠지요. 하지만 남자의 마음은 무게든 속도든 보폭이든 여성과는 너무나 달랐기 때문에 그들이 가진 어떤 것도 제대로 가져올 수 없었습니다. 너무나 이질적인 존재였기에 아무리 노력해도 따라할 수 없었던 것이지요. 당시 여인들이 펜을 쥘 때 가장 먼저 알게 되는 것은 여성이 공통적으로 사용할 수 있도록 마련된 이른바 공용 문장이 없다는 사실입니다. 새커리, 디킨스, 발자크 같은 위대한 소설가들은 너무나 자연스러운 산문을 썼습니다. 빠르면서도 잇나가시 않고, 표현이 풍부하면서도 어렵지 않으며, 공동의 자산을 쓰면서도 각자 나름의 색채를 지니고 있었습니다. 그들은 당시 통용되었던 문장들을 자신에게로 끌어왔습니다. 19세기 초에 주로 사용된 문장은 대체로 이렇게 쓰였을 것입니다.

"그들이 쓴 작품이 지니는 장엄함은 그들에게 멈추지 말고 계속 앞으로 나아가라는 논거가 되었다. 그들은 자신이 지닌 기질을 한껏 발휘하고, 진실과 아름다움을 끊임없이 창조하며 한없는 만족과 희열을 느꼈다. 성공은 발현을 촉진하고, 습관은 성공을 원활하게 한다."

이것이 이른바 남자의 문장입니다. 우리는 이렇게 이면에 있는 존슨 박사, 기번, 또한 그 이외의 남자 작가들을 엿볼 수 있는 것입니다. 이는 여성이 쓰기에는 적합하지 않은 문장입니다. 샬롯 브론테는 산문에 크나큰 재능을 가지고 있었음에도, 이 어설픈 무기를 손에 드는 바람에 휘청거리다 쓰러지고 말았습니다. 조지 엘리엇도 이 무기를 들었다가 차마 말로 표현할 수 없는 끔찍한 실수를 저지르고 말았지요. 하지만 제인 오스틴은 이 무기를 보았음에도 콧방귀를 뀐 채 자신만이 쓸 수 있는 자연스럽고 잘 가꿔진 문장을 고안했고, 그 범위 내에서 절대 벗어나지 않았습니다. 결국 제인 오스틴은 글 자체를 쓰는 재능은 샬롯 브론테보다 떨어졌더라도, 그녀보다 훨씬 더 많은 것을 말할 수 있었습니다. 자유롭고 풍성한 표현력은 예술의 정수이기 때문에 전통과 도구의 결핍 및 오용은 여성의 글에 막대한 영향을 미쳤을 것입니다. 게다가 책은 단순히 문장을 이어 붙여서 만드는 것이 아니지요. 이미지를 활용해서 설명하자면, 문장으로 회랑이나 둥근 지붕을 만드는 것입니다. 이런 형태도 남자들은 단지 자신들이 이용하려는 수요로 말미암아 만들었던 것입니다. 그러니 문장이 여성에게 적합하지 않다는 말과 마찬가지로, 서사시나 시극이 여성에게 적합하리라 생각할 수 없는 것입니다. 하지만 옛 문학의 모든 형태는 여성이 겨우 작가가 되었을 무렵 이전에 이런 식으로 굳어져 버렸습니다. 단지 소설만이 여성이 쓸 수 있을 정도로 새롭고 부드러운 형식이었지요. 아마 여성이 소설을 쓴 것도 이러한 이유에서였을 것입니다. 하지만 '소설(나는 이 단어가 부적절하다는 것을 표현하기 위해 작은따옴표를 활용했습니다.)'이, 모든 문학 형식 중에 가장 유연한 이 형식이 현재 여성이 사용하기에 가장 적합한 형태라고 어느 누가 자신 있게 말할 수 있을까요? 만약 여성이 팔다리를 자유롭게 사용할 수 있다면, 보다 자유롭게 팔다리를 활용할 수 있었다면, 그녀는 소설 형식 또한 자신에게 맞게 고쳤을 것입니다. 꼭 시가 아니더라도 자신의 마음을 표현할 새로운 형식을 찾을 것입니다. 아직도 여성에게 시는 너무나 표현이 제한된 방식이기 때문이지요. 나는 여기에서 더 나아가 오늘날의 여성이 5막에 달하는 시극을 어떻게 쓸지 생각해 보았습니다. 그녀는 운문을 활용할까요? 도리어 산문으로 쓸 수도 있지 않을까요?

하지만 이런 것들은 어렴풋이 다가올 미래의 빛에 놓인 난제입니다. 지금 나는 이러한 문제들을 그냥 내버려 둘 생각입니다. 이러한 문제에 빠져 버린다면, 나는 원래의 내 주제로부터 한참을 벗어나 출구를 찾을 수 없는 숲속을 배회하다가 어쩌면 야생 동물에게 잡아먹힐 수도 있기 때문이지요. 여러분도 그렇겠지만, 나 또한 '소설의 미래'라는 음울하기 그지없는 주제를 거론하고 싶은 생각은 추호도 없습니다. 그래서 나는 잠시 여성에 관한 신체적 조건 측면에서 앞으로 큰 영향을 미칠 수 있는 것에 대해 이야기해 볼까 합니다. 책은 어떤 식으로든 신체에 적응해야 합니다. 그렇기에 나는 감히 말합니다. 여성의 책은 남성의 책보다 훨씬 더 간략하고 응축되어야 한다고, 오랫동안 방해받아서는 안 되게 구성되어야 한다고 말입니다. 여성에게 방해는 항상 존재할 테지요. 또한 두뇌에 영양을 공급하는 신경 조직도 여성과 남성은 다른 듯합니다. 만일 이 신경이 최선을 다하도록 만들려면, 우리는 어떤 방식이 여성의 신경에 적합할지 꼭 찾아내야만 합니다. 예를 들어 아마도 수백 년 전쯤 수도승이 고안했을 몇 시간에 달하는 강연이 여성의 신경에 적합했을지 검토해 보아야 하는 것입니다. 어떤 방식으로 일과 휴식을 적절히 안배해야 하는지를 알아야 합니다. 휴식이 아무 일도 하지 않는 것이 아닌 다른 일을 하는 것이라고 가정한다면, 그 다른 일은 어떤 부류일지도 알아야 합니다. 우리는 이러한 모든 것에 관해 토론하고 발견해야 합니다. 이 모든 것이 '여성과 소설'이라는 문제의 일부분인 것입니다. 나는 다시 서가로 향하며 생각했습니다. 여성 학자가 쓴 여성 심리에 대한 연구를 어디서 찾을 수 있을까? 만약 여성이 축구를 못한다는 이유로 의사가 될 수 없었다면?

하지만 다행히도 내 생각은 다른 방향으로 옮겨 갔습니다.

  이렇게 생각을 이어 가던 나는 어느새 현존 작가들의 책이
놓여 있는 서가에 이르렀습니다. 아, 이제는 작가가 남성뿐만
아니라 여성인 책들도 많이 있으니 현존 여성 작가와 현존
남성 작가의 책이라고 해야겠군요. 아직은 그것이 정확할 수
는 없다고 하더라도, 아직은 남성의 목소리가 더 드세다고 해
도, 여성이 이제 소설만 쓰는 것이 아니라는 생각은 확실해졌
습니다. 그리스 고고학에 대해 제인 해리슨이 쓴 책이 있고,
미학에 대해 버넌 리가 쓴 책도 있고, 페르시아에 대해 거트
루드 벨이 쓴 책도 있군요. 불과 한 세기 전만 해도 여성이 손
댈 수 없었던 온갖 주제가 이제는 서가에 놓여 있습니다. 시,
희곡, 비평문도 있군요. 역사책과 전기, 기행문이나 학술 연
구서도 있습니다. 심지어 철학서, 과학, 경제학에 대해 쓴 책

도 몇몇 있습니다. 물론 아직은 소설이 대부분이지만, 소설도 다른 분야의 책들과 만나며 자연스레 변화를 겪었을 것입니다. 여성의 글에서 서사시의 시대, 즉 자연스러운 소박함은 사라진 듯했습니다. 여성은 독서와 비평을 통해 더욱더 넓은 식견과 섬세한 감성을 지니게 되었지요. 그러니 이제 단순히 자서전을 쓰고 싶은 충동은 모두 소진되고 만 것입니다. 이제 여성은 자기표현이 아닌 예술을 위해 글을 쓰기 시작했을 것입니다. 우리는 새로운 소설들 가운데서 이 의문에 대한 해답을 발견할 수 있을지도 모르겠습니다.

나는 개중 한 권을 임의로 골라 꺼냈습니다. 서가의 맨 끝에 있었던 이 책은 『생의 모험』인가 아무튼 그런 비슷한 제목으로 메리 카마이클이 쓴 소설인데, 올해 10월에 출판된 것입니다. "이 책이 그녀의 첫 작품인 듯하네." 나는 혼잣말로 이렇게 중얼거렸습니다. 하지만 우리는 이 책을 상당히 긴 호흡을 지닌 연작(聯作)의 마지막 권인 것처럼 읽어야 합니다. 윈칠시 부인의 시, 애프라 벤의 희곡, 위대한 네 명의 작가들이 쓴 소설에 이어지는 것으로 생각해야 합니다. 우리는 책들을 개별적으로 판단하는 것에 익숙하지만, 그것들은 사실 서로 연관되어 있기 때문입니다. 그리고 나는 이 무명의 여인을 앞서 살펴보았던 여성들의 후손으로 간주하고, 그녀가 선인(先人)들에게 어떤 것을 물려받았는지 살펴봐야 할 것입니다. 그래서 나는 한숨을 쉬고 (아무래도 소설은 해독제보다는 진통제에 가까우며, 타오르는 횃불로 사람을 일깨우기보다는 무감각한 수면의 상태로 빠뜨리는 경우가 많기에) 메리 카마이클의 첫 작품인 『생의 모험』에서 무언가를 발견하기 위해 책과 펜을 들었습니다.

우선 한 페이지를 위아래로 쭉 훑어보았습니다. 푸른 눈이나 갈색 눈, 혹은 클로이와 로저의 관계를 기억에 담기 전에 나는 우선 그녀가 지닌 문체를 파악해야겠다고 생각했습니다. 일단 이것을 알아야 그녀가 손에 펜을 들었는지 혹은 곡괭이를 들었는지 판단할 수 있을 것입니다. 나는 한두 문장을 혀 위에 굴려 보았습니다. 곧 무언가가 제대로 정리되지 않았다는 느낌이 강하게 늘었습니다. 문장과 문장은 매끄럽게 연결되지 못했습니다. 그 사이에 무언가가 긁히거나 찢겨져 나갔습니다. 이곳저곳에 흩어진 단어들이 섬광처럼 다가오기도 했습니다. 옛 희곡에 나오는 말처럼 그녀는 자신에게서 '손을 놓아 버린' 모습이었습니다. 마치 불이 붙을 수 없는 성냥을 그어 대는 사람 같았지요. 나는 그녀가 옆에 있기라도 한 것처럼 물었습니다. "왜 제인 오스틴의 문장들은 당신이 쓰기에 적합한 형태가 아닌 건가요? 엠마와 우드하우스가 죽었으니 제인 오스틴의 문장도 모두 폐기해야만 하는 건가요?" 나는 한숨을 쉬었습니다. 정말 그래야 한다면 너무나 슬픈 일이겠지요. 모차르트가 여러 노래를 자유로이 넘나들듯이 제인 오스틴도 이 음악과 저 음악을 자유로이 넘나들고 있었습니다. 하지만 그녀의 글을 읽으니 마치 거룻배를 타고 거친 바다로 나아가는 느낌이었습니다. 위로 솟구치다가도 아래로 푹 꺼지기를 반복하면서 말이지요. 간결함, 특히 의식적으로 간결함을 유지한 것만 같은 문체는 그녀가 어떤 것을 우려했다는 뜻인지도 모릅니다. 어쩌면 '감상적'이라는 사람들의 비평이 두려웠을 것입니다. 혹은 여성의 글은 화려해야 한다는 사람들의 말을 떠올리며 가시를 지나치게 많이 심어 놓았는지도 모릅니다. 하지만 한 장면 정도는 제대로 읽어 보아야, 그녀가 자신을 표현했는지 혹은 다른 사람이 되려고 했는지를 알 수 있을 것입니다. 어쨌든 글을 조금 더 면밀히 살펴보니, 그녀가 등장인물의 활력을 억지로 끌어내리는 것 같지는 않다는 생각이 들었습니다. 아아, 하지만 너무나 많은 사실을 쌓아 올리고 있군요. 이 정도 분량(『제인 에어』의 절반 정도 되는 듯했습니다.)의 책에서는 이 사실들을 절반도 활용할 수 없을 것 같은데요. 하지만 그녀는 어찌어찌해서 우리 모두(그러니까 클로이와 로저, 올리비아, 토니, 빅엄 씨)를 강을 거슬러 올라갈 카누에 태우는 데 성공했습니다. 여기서 나는 의자에 등을 기댄 채 그들에게 잠시 멈추라고 말했지요. 앞으로 나아가기 전에, 전반적인 면을 보다 세심히 살펴봐야 했으니까요.

나는 메리 카마이클이 분명 우리에게 어떤 장난을 친 것만 같다고 중얼거렸습니다. 저 아래로 추락할 것만 같았던 열차가 어느새 방향을 바꾸어 위로 솟구치는 듯한 기분이 들었기 때문이지요. 메리는 우리가 예상할 수 있는 다음 장면을 매번 바꾸었습니다. 처음에는 문장을 파괴하더니, 이제는 이어질 장면을 파괴한 것입니다. 맞습니다. 물론 그녀가 파괴가 아닌 창조를 위해 그렇게 한 것이라면 마땅히 그렇게 할 만한 권리는 있습니다. 물론 그 둘 중 어느 쪽으로 향하고 있는지는 그녀가 어떤 상황에 맞닥뜨리기 전까지는 알아차릴 수 없습니다. 나는 그 상황을 전적으로 그녀에게 맡기겠다고 생각했습니다. 통조림 깡통이나 낡은 주전자로 어떤 상황을 만들어낼 수도 있을 것입니다. 하지만 그녀는 내게 확신을 주어야 합니다. 지금 일어나는 상황에 대해 그녀가 믿고 있다는 확신을 주어야 합니다. 그리고 상황을 창조했다면 기꺼이 그 상황과 마주해야 하며, 또한 그 상황을 뛰어넘어야 합니다. 나는 그녀가 작가로서의 도리를 다한다면, 나 또한 독자로서의 의무를 다하리라 생각하며 책장을 넘겼습니다……. 음, 갑자기 말을 끊어서 미안한데 이곳에 남자는 한 명도 없는 건가요? 저 빨간 커튼 뒤에 차트리스 바이런 경[여성의 동성애를 다룬 래드클리프 홀의 소설 『고독의 우물』에 대한 외설 시비의 재판을 맡았던 치안 판사]이 숨어 있지 않다고 보증하실 수 있나요? 이곳에 여성만 있는 것이 확실한가요? 그렇다면 내가 읽은 그다음 문장을 말할 수 있겠군요. "클로이는 올리비아를 좋아했다."라는 글귀였습니다. 놀라지 마십시오. 얼굴을 붉히지도 마십시오. 이런 일들은 곳곳에서 때때로 일어난다는 점을 우리만이 모인 곳에서는 인정합시다. 때때로 여성은 여성을 좋아합니다.

"클로이는 올리비아를 좋아했다." 이 문장을 읽자, 나는 문득 그곳에 얼마나 지대한 변화가 담겨 있는지 깨달았습니다. 클로이가 올리비아를 좋아한 것은 문학 역사상 처음 있는 일이었습니다. 클레오파트라가 옥타비아[안토니의 아내]를 좋아하지는 않았습니다. 만약 그랬더라면 「안토니와 클레오파트라」는 전혀 다른 작품이 되었겠지요. 『생의 모험』에서 조금 벗어난 생각입니다만, 「안토니와 클레오파트라」를 감히 평한다면 그것은 너무나 단순하고 구시대적인 작품입니다. 클레오파트라는 옥타비아에 대해 단지 질투심만을 느낍니다. 그녀는 나보다 키가 클까? 그녀는 머리 손질을 어떻게 할까? 어쩌면 그 희곡에서 그 이상의 설명을 바랄 수는 없었겠지요. 하지만 두 여인의 관계가 조금 더 복잡했더라면 이야기는 꽤 흥미진진하게 전개됐을 것입니다. 문학 작품 속에서 빛났던 여성 등장인물을 몇몇 떠올려 본다면, 이 여인들의 관계는 너무나 단순합니다. 그 사이에 너무나 많은 것이 생략되었고, 그 사이를 복잡하게 하려는 어떤 시도조차 보이지 않습니다. 나는 지금껏 읽었던 책 중에서 두 명의 여성이 친구로 등장한 사례가 있었는지 떠올려 보았습니다. 『크로스웨이즈의 다이애나[영국의 시인이자 소설가인 조지 메러디스의 소설]』에서 그러한 시도를 했었지요. 물론 라신의 작품이나 그리스 비극에서도 여성들이 막역한 친구로 나오기도 합니다. 하지만 대체로 모녀 관계였기에 가능한 일이었지요. 그간 거의 모든 경우에서 여성은 남성과의 관계 속에서만 등장했습니다. 제인 오스틴 때부터 소설 속의 위대한 여성들이 단지 다른 성의 눈에 비친 모습으로만 보이거나, 혹은 다른 성과의 관계를 통해 제시되었다는 사실은 너무나 괴이한 일이었습니다. 여성의 삶에서 남성과의 관계는 너무나 자그마한 부분에 불과한데 말이지요. 더구나 성적 차이로 말미암아 코에 검거나 붉은 안경을 걸친 남자들은 여성의 삶에 대해서 거의 알지 못했을 것입니다. 아마도 이런 이유 때문에 소설 속 여성들의 성격은 그도록 득이하게 묘사되었던 모양입니다. 깜짝 놀랄 만큼 극단적으로 아름답거나 괴기하며, 천사처럼 온순하거나 당장 지옥에라도 갈 것처럼 타락하기도 하지요. 분명 남자는 자신의 사랑이 불타오르거나 식어 버릴 때, 혹은 순조로이 진행될 때나 부침을 겪을 때마다 여성을 그런 식으로 바라보았을 것입니다. 물론 19세기 소설가의 경우는 다릅니다. 그들의 작품 속 여성은 예전보다 훨씬 더 다채롭고 복잡다단해집니다. 어쩌면 남자들은 여성에 대해 묘사하고 싶어서 그동안 작품 속에 여성을 거의 등장시킬 수 없었던 폭력적인 시극(詩劇)을 점차 멀리하고, 소설이라는 보다 적합한 방식을 쓴 것인지도 모르겠습니다. 설령 그렇다 하더라도 남성에 대해 여성이 가지고 있는 인식처럼 여성에 대해 남성이

가지고 있는 인식도 굉장히 제한적이며 치우쳐 있다는 사실은 프루스트의 글에서도 볼 수 있습니다.

다시 나는 책을 바라보며 생각했습니다. 여성도 반복되는 가정생활에 대한 관심 이외에 남성처럼 다른 관심을 지니고 있다는 것은 분명하다고 말이지요. "클로이는 올리비아를 좋아했다. 두 사람은 같은 연구실을 쓰고 있었다……." 나는 책을 계속 읽어 나가며, 그 젊은 여성들이 악성 빈혈의 치료를 위해 간을 잘게 자르는 일을 하고 있음을 알 수 있었습니다. 그들 중 한 명은 결혼했고, 두 명(아마도 그럴 겁니다.)의 자식이 있었는데도 말이지요. 물론 이러한 사실들 역시 과거의 문학 작품에서는 전부 생략되어야만 했습니다. 그렇게 소설 속의 빛나는 여성상은 지나치게 단순하고 단조로워진 것입니다. 예를 들어 문학에서 남성이 단지 여성의 애인으로만 묘사되어서 다른 이들의 친구나 군인, 사상가, 공상가 등으로 나오는 일이 전혀 없다고 가정해 봅시다. 그렇다면 셰익스피어의 희곡에서 그들의 비중이 얼마나 적었을까요. 문학은 얼마나 큰 타격을 입었을까요. 아마 대부분 남성상은 오셀로 같은 인물일 것이고 안토니 같은 인물도 꽤나 많이 있었겠지만, 절대 카이사르, 브루투스, 햄릿, 리어, 자크 같은 인물은 없었을 것이며 문학은 믿을 수 없을 정도로 빈곤해지고 말았을 것입니다. 실제로 여성에게 굳게 닫힌 문학의 장벽 때문에 문학이 빈곤해진 것처럼 말이지요. 자신의 뜻과 상관없이 결혼하고,

방 한 칸에 갇혀 한 가지 일만 하도록 강요받은 여성을 대체 어떤 극작가가 온전히 흥미롭고도 진실하게 다룰 수 있겠습니까? 단지 사랑만이 유일하게 여성을 표현할 수 있는 수단이었습니다. 시인은 여성을 열정 혹은 신랄함으로 표현할 뿐이었습니다. 그가 '여성을 혐오하기로' 마음먹은 것이 아니었다면 말입니다. 대개 이 경우는 그에게 여성이 매력적이지 못하다는 것을 의미하기도 했습니다.

클로이가 올리비아를 좋아하고 그들이 같은 실험실을 쓴다면, 그들의 우정은 더욱 다양한 방향으로 지속될 것입니다. 그들의 관계는 이전보다 덜 개인적이기 때문이지요. 만약 메리 카마이클이 글을 쓰는 법을 안다면, (이제 나는 그녀의 문체가 지닌 어떤 특징을 즐기고 있었습니다.) 그녀에게 자기만의 방이 있다면, (이 부분은 잘 모르겠군요.) 그녀가 1년에 500파운드를 소유할 수 있다면, (이것은 앞으로 입증해 보아야 할 부분이겠지요.) 분명 상당히 중요한 어떤 일이 벌어질지도 모릅니다.

클로이가 올리비아를 좋아하고 메리 카마이클이 이를 표현하는 법을 안다면, 이제 그녀는 지금껏 누구도 들어가 본 적이 없는 크나큰 방에 횃불을 켜게 되는 것이기 때문입니다. 그곳은 온통 어둑어둑하고 짙은 그림자가 깔려 있습니다. 어디로 발을 내딛는지도 모른 채 단지 위아래를 훑어보며 걸어가야만 하는 구불구불한 동굴처럼 말이지요. 나는 책을 다시 읽어 나갔습니다. 올리비아가 선반에 병을 올려놓고는 아이들이 머무는 집에 가야 할 시간이라고 말하는 것을 클로이가 지켜보는 장면이었습니다. 나는 지금껏 한 번도 보지 못한 이 광경을 마주하며 경탄했습니다. 그래서 나 또한 호기심 가득한 눈으로 그들을 바라보았지요. 메리 카마이클은 여태까지 그 누구도 묘사하지 못했던 기록과 입 밖으로 거의 나온 적이 없었던 언어들을 어떻게 그려 갈지 궁금했습니다. 남성이 묘사하던 변덕스럽고 편견에 물든 빛에서 벗어나 여성이 주체적으로 만들어 가는 몸짓과 언어의 향연은 천장에 붙어 있는 나방의 그림자처럼 희미하기만 했습니다. 나는 이를 포착하려면 숨을 죽여야겠다고, 책을 계속 읽어 나가며 중얼거렸습니다. 여성은 누가 봐도 타당한 동기가 보이지 않는 관심을 받으면 의심의 눈초리를 보내거나 그저 감정을 억누르는 데 끔찍할 정도로 익숙합니다. 그렇기 때문에 그들을 포착하려는 내 눈이 잠깐 깜빡이기만 해도 어느새 그것들은 사라져 버릴 수도 있었습니다. 나는 이제 메리 카마이클이 옆에 있기라도 한 것처럼 말했습니다. 당신이 이를 해낼 수 있는 단 한 가지 방법은 계속 창밖을 바라보며 다른 이야기를 하는 것이라고요. 올리비아(수백만 년이나 석암의 그늘 아래 몸을 웅크리고 있던 이 생명체)가 마침내 자기 몸 위로 햇살이 비친다는 것을 느끼고, 지식이나 모험이나 예술처럼 자기 자신에게로 다가오는 것을 마주할 때 어떠한 일이 일어나는지 기록해야 합니다. 연필로 공책에 끼적이는 것이 아닌, 음절을 구분할 수 없을 정도의 가장 빠른 속기로 적어 내려가야 하는 것입니다. 나는 다시 책에서 눈을 떼며 생각했습니다. 올리비아가 이를 향해 손을 뻗은 후에는 다른 목적을 위해 고도로 계발된 자신의 재능을 지금과는 새로운 방법으로 결합시켜야 한다고 말이지요. 다시 말해 무한히 복잡하고 정교한 이 총체의 균형을 깨지 않는 가운데 새로운 것을 옛것에 흡수해야 하는 것입니다.

아, 그런데 나는 그만 내가 하지 않으리라 마음먹었던 일을 해 버렸네요. 무심결에 내가 지닌 성(性)을 칭찬하고 만 것이지요. '고도로 발달한'이나 '대단히 복잡한' 같은 말들은 타당한 칭찬의 표현이겠지만, 자신이 지닌 성에 무조건 찬사를 보내는 것은 사실 늘 수상쩍고 종종 어리석어 보일 때도 있지요. 더구나 이 경우는 어떻게 찬사의 타당성을 찾을 수 있겠어요? 갑자기 지도를 가리키며 아메리카 대륙을 발견한 콜럼버스가 실은 여성이었다고 말할 건가요? 사과 한 개로 중력의 법칙을 발견한 뉴턴을 여성이라 부를 수 있나요? 또한 하늘을 날아가는 비행기를 바라보며, 이를 발명한 사람이 여성이라 할 수도 없습니다. 우리는 여성의 정확한 크기를 측정할 수 있는 눈금조차 가지고 있지 못하지요. 훌륭한 어머니의 자질이나 딸의 지극한 헌신, 자매간의 신의, 가정주부의 능력 등을 잴 수 있는, 1cm보다 미세한 눈금으로 구분된 자는 없습니다. 여태껏 대학에서 평가를 받아 본 여성은 거의 없다시피

합니다. 심지어 육군과 해군, 정치와 외교, 무역 등 거센 시련이 따르는 직군에서는 여성을 제대로 평가해 보려고도 하지 않았습니다. 지금 이 순간에도 여성은 미분류 상태로 남아 있는 것입니다. 하지만 예를 들어 남성인 홀리 버츠 경에 대해 모든 정보를 찾으려 한다면, 버크나 더브렛의 귀족 연감을 확인하면 됩니다. 그러면 그가 어떤 학위를 받았는지, 어떤 시골 저택을 보유하고 있는지, 상속자는 누구이며, 어느 부처에서 일했는지, 심지어 그가 주 캐나다 대사직을 맡았으며 수많은 작위나 훈장처럼 지울 수 없는 공적들을 얼마나 새겨 놓았는지 바로 확인할 수 있습니다. 이것 이상으로 그 사람에 대해 아는 분은 오로지 하느님뿐이겠지요.

하지만 내가 아무리 '고도로 발달한'이나 '대단히 복잡한' 역량을 지녔다고 말하더라도 어떤 대학이나 귀족 연감으로도 그것을 입증할 방도가 없습니다. 이렇게 곤란한 처지인데 내가 무엇을 할 수 있겠습니까? 나는 다시 서가를 바라보았습니다. 그곳에는 존슨 박사와 괴테, 칼라일, 스턴, 쿠퍼, 셸리, 볼테르, 브라우닝 등 여러 인물의 전기가 놓여 있었습니다. 그것을 보자 이런 생각이 떠올랐습니다. 이 위인들은 제각각의 이유로 여성을 찬미했고, 여성에게 구애했고, 여성과 함께 살았으며, 여성에게 비밀을 털어놓고, 여성과 사랑을 나누고, 여성에 대한 글을 썼으며, 여성을 신뢰했습니다. 이른바 그들에 대한 필요와 의존이라 부를 정도의 관계를 맺었지요. 이 모든 것이 플라토닉 했다고 단언하지는 않겠습니다. 윌리엄 조인슨 힉스 경[당시 내무 장관]도 이 말은 부정하시겠지요. 하지만 이 위인들이 이 관계에서 단지 안락함과 듣기 좋은 말이나 육체적인 쾌락만을 얻었다고 주장하는 것은 그들을 부당히 폄하하는 것이 됩니다. 그들이 얻은 것은 분명 자신의 성만으로는 충족시킬 수 없는 것이었습니다. 나아가 굳이 예술적인 작품을 인용하지 않더라도, 그것은 오직 여성만이 줄 수 있는 선물과도 같은 것입니다. 그것을 어떤 자극이나 창조력의 회생이라고 불러도 경솔한 판단은 아니겠지요. 남성은 응접실 혹은 아이의 방문을 열었을 때 자수를 무릎 위에 올려놓았거나 아이늘 사이에 앉아 있는 여성—법정이나 하원 의회 같은 남성의 세계와는 다른 질서를 지닌 또 다른 세계에 있는 그녀—을 보게 됩니다. 그 차이로 말미암아 남성의 기분은 상쾌해지고 활기 또한 가득해지는 것입니다. 또한 아주 짧은 대화만으로도 둘 사이의 명확한 입장 차이가 드러날 것이며, 덕분에 메말라 버린 그의 생각은 다시 풍성해질 것입니다. 자신과 다른 매개를 통해 창조력을 발휘하는 여성을 바라보며 남성 또한 창조력이 되살아날 것이고, 자신도 모르게 무언가를 다시 도모하게 될 것입니다. 또한 그녀를 만나러 가기 위해 모자를 쓸 때면 여태껏 자신이 경험하지 못했던 글귀나 장면과 마주하게 될 것입니다. 존슨 박사에게 트레일이 있었음을 알기에, 그는 그녀에게 집착하기도 합니다. 트레일이 음악 교사인 이탈리아 사람과 결혼할 때, 존슨 박사는 분노와 혐오에 휩싸여 거의 미치광이가 되다시피 했습니다. 그것은 단지 존슨 박사가 스트리텀에서 유쾌한 저녁을 보내지 못하게 되었던 것 때문이 아닌, 그의 삶을 비추던 불빛 자체가 '꺼져 버릴 것만' 같았기 때문입니다.

꼭 존슨 박사나 괴테 혹은 칼라일이나 볼테르 같은 위대한 인물의 사례가 아니더라도, 우리는 여성이 복잡한 특성과 고도로 발달한 창조력을 지녔다는 것쯤은 쉽게 알 수 있습니다. 어떤 여성이 방으로 들어갑니다. 이때 그녀가 무슨 일이 벌어질지를 표현할 수 있으려면, 영어라는 언어가 가진 자원은 훨씬 더 풍부해야만 합니다. 각 단어가 지닌 날개는 무한히 뻗어 나간 끝에 새로운 모습으로 바뀌어야만 합니다. 방의 모습은 저마다 다를 것입니다. 고요할 수도 있고, 우레 같은 소리가 울릴 수도 있으며, 바다가 보이거나 혹은 감옥의 안뜰이 보일 수도 있습니다. 빨래들이 널려 있거나 단백석(蛋白石) 같은 보석이나 비단이 널려 있을 수도 있겠군요. 말갈기처럼 거칠거나 새털처럼 부드러운 느낌일 수도 있을 것입니다. 하지만 어느 거리에 있는 어느 방에라도 일단 들어가 본다면, 헤아릴 수 없이 복잡한 여성의 힘이 오롯이 얼굴로 날아올 것입니다. 어떻게 그렇지 않을 수 있겠습니까? 지난 수백 년 동안 여성은 그저 방 안에 머물러 왔던 탓에 이제는 벽에까지 배어 버린 그녀들의 창조력은 한도를 초과할 정도로 벽돌과 회반죽을 채워 왔습니다. 그러니 이제는 붓과 펜, 사업과 정치 같은 것을 담아낼 새로운 공간이 필요합니다. 하지만 이들의 창조력은 남성이 가진 것과는 많이 다릅니다. 이러한 능력이 방해를 받거나 소모되어 버린다면 너무나 안타까울 것이라는 사실을 반드시 알아야 합니다. 몇 세기에 걸쳐 가혹한 시련 끝에 얻어진 여성의 창조력은 그 무엇으로도 대체할 수 없는 고귀한 것이기 때문이지요. 만약 여성이 남성처럼 글을 쓰거나, 남성처럼 살아가거나, 겉모습마저 남성처럼 보이려 한다면 그것 또한 너무나 안타까운 일입니다. 드넓고 다채로운 세상에서 두 가지 성만으로는 도저히 충분할 수 없을 텐데, 어떻게 하나의 성만으로 삶을 살아가려 하는 것입니까? 교육의 목적은 유사성보다 차이점을 이끌어 내고 강화하는 것 아니겠습니까? 현시점에서 우리는 너무나 유사한 모습을 띱니다. 만약 어떤 탐험가가 귀환해서 우리에게 다른 나뭇가지들 사이로 다른 하늘을 바라보는 다른 성들의 존재에 대해 전해 준다면, 인류에게 그보다 더 큰 봉사는 없을 것입니다. 게다가 우리는 X 교수가 자신의 '우월성'을 입증하기 위해 그들을 측정하려는 자를 들고 헐레벌떡 뛰어가는 것을 보는 재미 또한 덤으로 누릴 수 있겠지요.

하지만 나는 책 위의 허공을 바라보며, 아직 메리 카마이클은 그저 관찰자의 자세로 작품을 쓸 것 같다고 생각했습니다. 안타깝게도 그녀는 여러 소설가의 부류 중에 가장 흥미를 끌지 못하는 부류, 다시 말해 자연주의 소설가가 되려는 유혹에 빠질 것입니다. 그녀가 관찰해야 할 새로운 사실이 너무나 많기 때문이지요. 이제 그녀는 더 이상 점잔을 빼는 중·상류층 집에 갇혀 있을 필요가 없습니다. 또한 그녀는 친절을 베풀거나 겸손해할 필요도 없이 동료 의식을 품고 고급 창부와 매춘부, 자그마한 강아지를 안고 있는 부인 등이 앉아 있을 퀴퀴한 방 안으로 들어갈 것입니다. 여인들은 그 방 안에서 여전히 남성 작가들이 강제적으로 입혀 놓은 기성복을 입고 앉아 있지요. 하지만 메리 카마이클은 그곳에서 가위를 들고 각이 졌거나 둥근 곳에 각각 맞도록 다시 재단할 것입니다. 시간이 흘러 이 여성들이 지닌 본연의 모습을 바라보는 것은 흥미로울 수 있겠지만, 우리는 아직 조금 더 기다려야만 합니다. 아직 메리 카마이클은 무례한 성이 남긴 '죄악' 때문에 자의식이 방해를 받을 테니까요. 아직 그녀는 낡은 데다가 실속마저 없는 계급의 족쇄를 발목에 차고 있을 것입니다.

하지만 대다수 여성은 고급 창부도 아니고 매춘부도 아닙니다. 어느 여름날의 오후 내내 먼지투성이인 옷을 입은 채 자그마한 강아지를 끌어안고 앉아 있지도 않습니다. 그렇다면 그들은 대체 무엇을 할까요? 문득 내 마음속에 어떤 거리 하나가 떠올랐습니다. 강의 남쪽 어딘가에는 무수한 집이 늘어서 있고, 수많은 사람이 모여 살고 있는 곳이었습니다. 나는 어떤 노부인이 딸로 보이는 중년 여성의 팔에 의지해 길을 건너가고 있는 모습을 상상했습니다. 두 사람 모두 단정하게 모피를 두르고 구두를 신었는데, 그날 오후 그들의 옷차림은 분명 어떤 의식이었을 것입니다. 그 옷들은 다시 여름이 오면 방충제와 함께 옷장 안에 들어가겠지요. 매년 그랬듯이 두 사람은 가로등에 불이 켜질 때 (해가 질 무렵의 저녁은 그들이 좋아하던 시간이었기에) 길을 건넙니다. 노부인은 80세가 다 되어 보였습니다. 하지만 누군가 그녀에게 삶이 무엇이냐고 묻는다면, 그녀는 발라클라바 전투 때문에 거리에 불이 켜졌던 일이나 에드워드 7세의 탄생을 기리기 위해 하이드파크에서 축포를 쏘던 소리가 기억난다고 말할 것입니다. 하지만 1868년 4월 5일이니 1875년 11월 2일이라는 날짜를 정확히 집어 그날 무엇을 했느냐고 묻는다면, 그녀는 몽롱해진 채 아무것도 기억나지 않는다고 할 것입니다. 그녀는 매일 저녁마다 식사를 준비했고, 접시와 컵을 닦았으며, 아이들을 학교와 사회로 진출시켰습니다. 하지만 이 모든 일은 전혀 기록되지 않았습니다. 그렇게 모든 것은 사라지고 말았습니다. 어떠한 역사나 전기에서도 그것에 대해 일언반구하지 않습니다. 또한 소설은 그럴 의도는 없었더라도 불가피하게 거짓말을 했겠지요.

한없이 흩어지는 이 모든 삶을 꼭 기록해야 한다고, 나는 메리 카마이클이 앞에 있기라도 하듯 말했습니다. 그러고는 또다시 생각에 빠져들어 런던 거리를 거닙니다. 길모퉁이에는 양손을 허리춤에 대고 있는 여인들이 있습니다. 그들은 두 툼하고 부풀어 오른 손가락에 파묻힐 듯한 반지를 긴 채 셰 익스피어 희곡의 대사를 읊는 것처럼 격렬한 몸짓을 섞어 가 며 대화를 나누고 있군요. 문간 아래에는 제비꽃을 파는 여인 과 성냥을 파는 여인, 그리고 노부인이 몸을 웅크린 채 앉아 있습니다. 또한 갈 길을 잃은 채 배회하는 소녀들의 얼굴에는 햇빛과 구름을 반사하는 파도 같은, 사람들이 지나갈 때 상점 의 유리창이 반짝이는 것 같은 그런 빛이 어려 있습니다. 나 는 상상 속에서 그들이 지닐 침묵의 무게, 그리고 기록되지 않은 삶이 얼마나 많을지 느낍니다. 나는 메리 카마이클에게 횃불을 단단히 붙잡고 이 모든 것을 살펴보아야 한다고 말했 습니다. 특히 당신은 영혼의 얕은 곳과 깊은 곳, 그 안에 있는 허영과 관대함을 모두 바라보아야 합니다. 또한 당신의 아름 다움 혹은 평범한 용모가 당신에게 어떤 의미를 지니는지, 인 조 대리석이 깔린 포목점(布木店) 옆에 있는 약국의 약병에서 흘러나오는 희미한 냄새 속에서 위아래로 흔들리고 있는 장 갑, 구두 등의 잡동사니처럼 끊임없이 변화하는 세계와 당신 이 어떤 관계를 지니는지 이야기해야 합니다. 나는 상상 속에 서 어느 한 상점 안으로 들어갑니다. 그곳에는 흑백으로 깔린 바닥 위에 놀라우리만큼 아름다운 색을 지닌 리본이 걸려 있 었습니다. 분명 메리 카마이클도 지나가다가 이 모습을 보았 을 것입니다. 안데스산맥의 눈 덮인 정상이나 암석으로 쌓인

협곡처럼 글로 표현하기에 좋은 광경이었으니까요. 카운터 뒤에는 한 소녀가 있었습니다. 나라면 나폴레옹의 전기를 150번째로 쓴다든가 키츠에 대해 70번째 연구—지금 늙은 Z 교수와 그 무리가 쓰고 있는, 밀턴의 도치법을 그가 활용했다는 식의 글—를 하는 대신 이 소녀의 온전한 역사를 써 내려갈 것입니다. 뒤이어 나는 발꿈치를 들고 조심조심 걸으며 (나는 무척 겁이 많은 편입니다. 언젠가 누군가에게 채찍으로 어깨를 맞을 뻔한 경험이 있어서 그렇습니다.) 그녀가 남성의 허영심(혹은 특성이라고 표현하는 게 나을까요. 그 말이 덜 공격적인 어투이기 때문이지요.)에 대해 예리하지 않게 비웃는 법을 배워야 할 것이라고 중얼거렸습니다. 인간의 뒤통수에는 혼자서 절대 볼 수 없는, 아주 작은 동전 크기의 반점이 있기 때문이지요. 이를 묘사하는 것은 한 성이 다른 성에게 베풀 수 있는 호의 중 하나입니다. 유베날리스[여성의 어리석음을 신랄하게 풍자한 로마의 시인]와 스트린드베리[극단적인 여성 혐오자로 유명한 스웨덴의 소설가이자 극작가]의 비평을 보고 여성들이 얼마나 많은 도움을 받았는지 생각해 보십시오. 역사가 시작될 때부터 남성들은 특유의 인간애를 발휘해 그토록 탁월하게 이 부분을 지적해 왔는지 생각해 보십시오. 만약 메리가 더없이 용감하고 정직하다면, 그녀는 남성의 뒤편으로 향해 서서 그곳에서 무엇을 발견했는지 우리에게 말해 줄 수 있을 것입니다. 여성이 그 반점을 설명해 주기 전까지, 우리는 온전한 남성을 담은 초상화를 절대 완성할 수 없을 것입니다. 우드하우스 씨[제인 오스틴의 『엠마』에 나오는 남자]와 캐소본 씨[조지 엘리엇의 『미들마치』에 나오는 남자]는 이 반점의 성질을 잘 보여 주는 인물입니다. 물론 사리를 분별할 줄 아는 사람이라면, 여성을 비웃거나 조롱하라고 권하지는 않을 것입니다. 하지만 문학은 이러한 정신으로 쓰인 것이 전혀 유익하지 않음을 보여 주지요. 진실을 써 내려갈 수 있다면, 분명 흥미롭고도 놀라운 결과물이 나타날 것입니다. 희극은 보다 풍성해질 것이고, 새로운 사실들은 끊임없이 발견될 것입니다.

어쨌든 다시 책으로 눈을 옮겨야겠습니다. 메리 카마이클이 무엇을 쓸 수 있고, 어떤 것을 써야만 하는지 생각하는 것보다는 아무래도 직접 그녀가 쓴 글을 살펴보는 것이 더 나을 듯했습니다. 나는 다시 읽어 내려갔습니다. 그러자 그녀가 어떤 불만을 지닌 것만 같다는 생각이 들었습니다. 그녀는 제인 오스틴이 으레 쓰던 문장을 따르지 않았습니다. 그러다 보니 흠잡을 데 없는 나의 취향과 까다로운 귀를 자랑할 기회를 잃고 말았습니다. 두 작가 사이에 유사성이 없다는 사실을 인정해 버린다면, "맞아, 이 부분이 꽤 좋군. 하지만 제인 오스틴이 당신보다 글을 훨씬 잘 썼지." 같은 말은 무용지물이 되는 것이니까요. 게다가 그녀는 한 걸음 더 나아가 글의 연속성, 즉 독자가 마땅히 기대할 사건의 순서마저 깨뜨렸습니다. 어쩌면 그녀는 여성의 글을 쓰기 위해 자기도 모르게 이를 깨뜨리고는 그저 사물에 자연스러운 질서를 부여했는지도 모르겠습니다. 하지만 그 결과는 나를 꽤 곤혹스럽게 했습니다. 차츰 휘몰아치는 파도나 다음 모퉁이에서 튀어나올 위기를 예측할 수 없었기 때문이지요. 결국 나는 내 감정의 깊이, 또한 인간이 지닌 감정에 대한 깊은 이해를 자랑할 수 없게 되었습니다. 내가 사랑과 죽음에 대해 일상적인 공간에서 일상적인 감정을 느끼려 할 때마다, 이 성가신 작가는 조금만 더 나아가면 중요한 것이 나온다는 듯이 나를 잡아끌었습니다. 그렇게 나는 '본질적인 감정', '인간성이 공통으로 지닌 자질', '인각 감정의 깊이' 같이 여운을 주기 위해 쓸 수 있는 말을 활용할 수 없었습니다. 또한 인간은 겉으로만 보면 너무나 영악하게 보이지만 그 내면은 너무나 심오하고 진지하며 인간적이라는, 우리의 이런 믿음을 유지하게 할 만한 글귀도 쓰지 못하게 했습니다. 그녀는 인간이 심오하고 진지하며 인간적인 것이 아닌, (너무나 흥미롭지 않은 생각이지만) 그저 나태하고 관습에 얽매여 있는 것일지도 모른다고 느끼도록 만들었습니다.

하지만 글을 계속 읽어 가다 보니, 또 다른 사실을 볼 수 있었습니다. 메리 카마이클은 '천재'가 아니었습니다. 너무나 명백한 사실이었지요. 그녀는 훌륭한 선배들, 다시 말해 윈칠시 부인, 샬롯 브론테, 에밀리 브론테, 제인 오스틴, 조지 엘리엇이 보여 주었던 자연에 대한 사랑, 드넓은 상상력, 열정적인 시상(詩想), 빛나는 기지와 사색으로의 지혜를 지니지 못한 것입니다. 도로시 오즈번처럼 아름다운 운율과 기품이 흘러넘치는 글도 쓰지 못했습니다. 단지 그녀는 영리한 소녀일 뿐이었습니다. 아마 10년 정도가 지나면, 그녀가 쓴 책은 어느 출판업자들에 의해 재생지로 쓰이게 될 것입니다. 하지만 메리 카마이클은 자신보다 훨씬 뛰어난 재능을 보인 여성들이 불과 50년 전만 해도 누리지 못했던 어떤 이점을 가지고 있었습니다. 그녀에게 남성은 더 이상 '반대파'가 아니었습니다. 그러니 그녀는 남성들을 신랄하게 비난하느라 시간을 낭비할 필요가 없게 된 것입니다. 지붕으로 올라가 자신에게 허용되지 않았던 여행과 지식, 교류를 갈망하며 마음의 평화를 깨뜨릴 필요가 없게 된 것입니다. 두려움과 혐오는 거의 사라졌습니다. 다만 자유가 주는 기쁨에 대해 다소 과장된 표현을 하거나, 남성에 대해 낭만적이라기보다 신랄하고 풍자적인 태도를 취할 때는 그러한 모습이 보일 때도 있었습니다. 그렇다면 메리 카마이클이 소설가로서 상당한 이점을 자연스레 누리게 된 것은 분명한 일입니다. 그녀는 매우 다채롭고 열정적이며 자유로운 감수성의 소유자였습니다. 그녀는 알아채기 힘들 정도의 미세한 감촉에도 반응하는 사람이었습니다. 그녀의 감수성은 마치 바깥에 새로 심어 놓은 식물처럼 자신에게 와 닿는 모든 소리와 시야를 마음껏 즐겼습니다. 거의 알려지지 않고 기록되지 않았던 것들 사이로 섬세하게 퍼져

나가며, 작은 것들에 빛을 비추었습니다. 그래서 어쩌면 그것들이 자지 않을 수도 있다는 사실을 일깨워 주었습니다. 그녀의 감수성은 묻혀 있던 것들을 끄집어내자, 여태껏 왜 그것들이 묻혀 있었는지 사람들이 의아하게 여길 정도로 만들어 주었습니다. 그녀는 서툰 점이 많았고, 새커리나 램 같은 작가들이 조금만 글을 써도 우리에게 즐거움을 자아내는 오랜 남성 중심 문학의 전통과는 어떤 관련도 없었지만, 나는 그녀가 가장 중요한 교훈을 터득했다고 생각했습니다. 그녀는 여성으로서, 하지만 자신이 여성이라는 것을 잊은 여성으로서 글을 쓴 것입니다. 덕분에 우리는 그녀의 책에서 성별을 의식할 수 없을 때 볼 수 있는 다양하고도 흥미로운 성적 특질을 볼 수 있는 것입니다.

이 모든 것은 분명 좋은 현상입니다. 하지만 그녀가 아무리 풍부한 감성과 섬세한 지각을 가졌다 하더라도, 일시적이고 개인적인 요소로 무너지지 않는 영원한 건축물을 세우지 못한다면 아무 의미 없는 일일 것입니다. 나는 그녀가 어떤 '상황'에 다다를 때까지 기다릴 것이라고 말했었지요. 그 말인즉슨 그녀가 어떤 것을 불러 보고, 손짓하고, 한곳으로 모으는 행위 등을 통해 그녀가 단순히 겉면만을 훑어본 것이 아니라 깊숙한 내면을 탐구했다는 사실을 입증할 때까지 기다리겠다는 뜻이었습니다. 어느 순간이 오면 그녀는 스스로에게 '자, 이제 나는 무리하지 않더라도 이 모든 것의 의미를 보여 줄 수 있겠어.'라는 말을 할 수 있겠지요. 그녀가 어떤 것을 불러 보고 손짓하기 시작하면 (그 모습은 분명 생기로 가득 차 있을 것입니다!) 내가 여기까지 오는 도중에 다른 장(章)에서 살짝 언급하기도 했었던, 반쯤 잊히게 된 것들이 다시 기억날 것입니다. 이제 그녀는 어떤 이가 바느질하거나 담배를 피울 동안 이 존재들을 최대한 자연스럽게 여겨지도록 만들 것입니다. 그렇게 그녀가 글을 계속 써 나갈수록, 우리는 세상의 꼭대기에 올라서서 저 아래에 드넓고도 장엄하게 펼쳐져 있는 세상을 내려다보는 기분을 만끽할 수 있을 것입니다.

어쨌든 그녀는 이런 시도를 해 나가고 있었습니다. 나는 그녀가 '시험'을 치르기 위해 이를 오랫동안 준비하는 가운데 중간중간 그녀에게 달려들어 경고나 충고의 말을 외치는 주교나 학장, 교수나 박사, 원로와 현학자들을 바라보았지만, 그녀만큼은 이 모습을 보지 않았기를 바랐습니다. 당신은 이런 일을 할 수 없고, 저 일도 하면 안 되네! 잔디밭에 들어가도 되는 사람은 오로지 대학 연구원과 학자들뿐이네! 부인들은 소개장 없이는 출입할 수 없습니다! 열정을 가진 기품 있는 여성 소설가라면 이쪽으로 오십시오! 그들은 마치 경마장의 울타리에 운집한 관중처럼 이런 식으로 그녀에게 소리를 질렀습니다. 그 가운데 좌우를 두리번거리지 않고 가뿐히 자신의 허들을 뛰어넘는 것이 그녀가 마주해야 할 '시험'이었습니다. 만약 당신이 그런 말을 듣고 맞받아 욕하기 위해 멈춰

선다면, 당신은 곧장 파멸될 것이라고 나는 그녀에게 말했습니다. 조소하기 위해 멈추어도 마찬가지고요. 머뭇거리거나 어설프게 군다면 당신은 끝장이다. 오직 저것을 뛰어넘는 것만 생각해라. 나는 그녀에게 내 전 재산을 베팅한 것처럼 애원했습니다. 마침내 그녀는 한 마리의 새처럼 허들을 가뿐히 뛰어넘었습니다. 하지만 그 너머에는 또 다른 허들이, 그 허들 너머에는 또 다른 허들이 있었습니다. 박수와 고함이 그녀의 신경을 차츰 소진시킬 것을 알았기에 이제 나는 그녀에게 버틸 힘이 있는지 확신할 수 없었습니다. 하지만 그녀는 최선을 다했습니다. 메리 카마이클이 천재가 아니었고, 침실 겸 거실에서 돈과 시간 같은 여유로운 조건을 충분히 갖추지 못한 채 쓴 첫 번째 소설임을 감안한다면, 더구나 그녀가 무명의 여인이라는 것을 감안한다면 썩 나쁘지는 않다고 생각했습니다.

나는 책의 마지막 장을 읽으며 (마침 누군가 응접실의 커튼을 걷는 바람에, 별이 가득한 하늘 아래 사람들의 코와 맨 어깨가 훤히 보였습니다.) 그녀에게 100년의 시간을 더 주자고 결론을 냈습니다. 그녀에게 자기만의 방과 1년에 500파운드를 줘야 한다, 그녀가 마음속 이야기를 온전히 할 수 있는 환경을 만들어 주고, 지금 쓰는 글 중 적어도 절반은 덜어 내도 괜찮다고 말입니다. 그렇다면 그녀는 분명 머지않아 더 나은 책을 쓸 수 있을 것입니다. 나는 메리 카마이클이 쓴 『생의 모험』을 서가의 맨 끝에 놓으며, 그녀는 시인이 될 수 있을 것이라고 말했습니다. 아, 물론 100년이 지나면 말입니다.

6

다음 날, 커튼을 치지 않은 창으로 10월의 아침 햇살이 들어와 빛 사이사이로 먼지들을 내비쳤습니다. 곧 거리는 요란한 차 소리로 다시 시끄러워졌습니다. 런던은 서서히 활동을 이어 나가기 시작했습니다. 공장이 다시 활기를 띠며 가동되기 시작한 것이지요. 앞서 여러 책을 읽었던 나는 잠시 창밖을 바라보며 문득 1928년 10월 26일 아침에 런던은 무엇을 하고 있을지 보고 싶어졌습니다. 런던은 무엇을 하고 있었을까요? 일단 「안토니와 클레오파트라」를 읽는 사람은 한 명도 없는 듯합니다. 런던은 셰익스피어의 희곡에는 전혀 관심이 없어 보였지요. 소설의 미래나 시의 죽음, 혹은 평범한 여성이 자신의 마음을 온전히 표현할 수 있는 산문체의 발달에 대해서는 그 누구도 (물론 그들을 비난하는 것은 아닙니다.) 관심을 두지 않았습니다. 설령 이런 문제에 대한 견해를 보도블록 위에 분필로 적어 놓는다 하더라도 기꺼이 허리를 굽혀 그 글을 읽을 사람은 아무도 없을 듯했습니다. 그것은 무관심하고도 바쁘게 움직이는 발자국들에 의해 30분 정도 후에 지워지고 말겠지요. 저기 심부름하는 소년이 다가오고 있네요. 어떤 여인은 개에 목줄을 채우고 한가로이 거리를 거닐고 있습니다. 런던 거리의 매력은 서로 비슷해 보이는 사람이 단 한 명도 없다는 것입니다. 각자 자기만의 용무에 얽매인 듯 보였지요. 사업가처럼 보이는 사람들이 작은 가방을 들고 길을 지나갑니다. 지하철 출입구의 철책에 지팡이를 부딪치며 거리를 떠도는 사람들도 보입니다. 길거리를 사교장으로 여기는 듯 마차에 탄 사람들에게 기꺼이 인사를 건네고, 묻지도 않은 새 소식을 알려 주는 붙임성 좋은 사람들도 있습니다. 장례 행렬도 지나가는군요. 이를 본 행인들은 금세 자신의 육체 또한 사라진다는 사실을 깨달은 것처럼 천천히 모자를 들고 조의를 표합니다. 특이한 옷을 입은 신사 한 명이 계단을 내려오다가 허둥지둥 걷는 부인과 부딪치지 않기 위해 잠시 멈춰 섰군요. 그 부인은 어떻게 장만했는지 모를 화려한 모피 코트를 입고 파르마에서 만들어진 제비꽃 한 다발을 들고 있습니다. 이들 모두는 각자 자신만의 공간에서 오직 자신의 일에만 몰두하는 것처럼 보였습니다.

바로 그때 거리에서 사람들이 모두 자취를 감췄습니다. 런던에서는 종종 이런 순간이 오곤 하지요. 그 무엇도 거리로 나오지 않았고, 그 누구도 거리를 지나가지 않았습니다. 단지 거리 끝에 있던 플라타너스에서 이파리 하나가 떨어지더니 그 휴지(休止)와 멈춤의 순간에 내려앉을 뿐이었습니다. 무슨 이유에서인지 그 모습은 어떤 신호처럼 보였습니다. 지금까지 우리가 관심을 두지 않았던 사물에 내재된 힘을 상징하는 것 같았지요. 그것은 마치 옥스브리지에서 보트에 타고 있던 대학생과 낙엽을 싣고 흐르던 강의 모습처럼 눈에 보이지 않게 흘러가며 길과 모퉁이를 따라 사람들을 싣고 어떤 곳을 향해 소용 돌이치게 하는 흐름을 가리키는 것 같았습니다. 이제 그 흐름은 거리의 한편에서 대각선 방향인 다른 편으로 에나멜가죽 구두를 신은 어떤 소녀를 실은 채 오고 있었습니다. 밤색 외투를 입은 청년과 택시 또한 실어 오고 있었습니다. 이 셋은 내 창문 바로 아래까지 왔습니다. 그곳에서 택시가 멈추더니 소녀와 청년도 멈추었지요. 머지않아 그들은 다시 택시에 올라타더니 그 흐름에 실려 또 다른 곳으로 휩쓸려 가듯이 미끄러져 갔습니다.

　너무나 일상적인 모습이었습니다. 하지만 이상한 점이 있었습니다. 그 광경을 보며 내 상상력은 어떤 역동적인 규칙성을 만들었습니다. 두 사람이 택시를 타는 일상적인 광경을 보며 나는 겉으로 볼 때는 만족스러워 보이는 두 사람에 대한 이야기를 전하고 싶은 힘이 생겼다는 사실을 알게 되었습니다. 나는 택시가 모퉁이를 돌아 사라지는 모습을 바라보며, 거리를 따라 내려온 두 사람이 길모퉁이에서 만나는 모습을 보자 왠지 마음의 긴장이 풀리는 것만 같았습니다. 어쩌면 내가 지난 이틀 동안 생각했듯이, 어떤 한 성과 다른 성들을 별개의 존재라고 여기는 일은 고역일지도 모른다는 생각이 들었습니다. 그런 생각은 마음의 조화를 방해하기 때문이지요. 두 사람이 함께 택시를 타는 모습을 바라보며, 나는 그러한 생각을 그만두었습니다. 그러자 다시 마음의 조화가 찾아왔습니다. 나는 마음이란 참 신비한 기관이라고 생각했습니다. 우리는 마음에 대해 아무것도 모르면서도 그것에 전적으로 의존하기 때문이지요. 창문에서 고개를 돌린 나는 안으로 걸어가며 곰곰이 생각했습니다. 우리 몸이 명백한 이유 때문에 긴장하는 것처럼 우리 마음속에 단절과 대립이 있다고 느끼는 것은 어떤 이유 때문일까요? '마음의 조화'란 무엇을 의미하는 것일까요? 마음은 언제 어디서나 집중할 수 있는 크나큰 능력이 있기 때문에 절대 어느 한 상태에 고착되지는 않아 보였습니다. 예를 들어 마음은 불현듯 행인들과 떨어져 2층 창문으로 올라가 그들을 내려다보며, 자신을 그들과 별개의 존재라고 여길 수 있습니다. 반대로 자연스럽게 다른 이들과 같은 생각을 할 때도 있습니다. 예를 들어 새로운 소식이 발표되기를 기다릴 때의 군중처럼 말이지요. 마음은 어머니 혹은 아버지를 통해 시간을 거슬러 올라가 생각할 수도 있습니다. 앞서 내가 말했듯이 글을 쓰는 여성은 자신의 어머니를 통해 과거를 생각하지요. 또한 여성이라면 종종 급작스럽게 찾아오는 의식의 분열 때문에 놀라기도 합니다. 예컨대 화이트홀[런던에 관청이 밀집되어 있는 거리]을 거닐며, 여성은 자신이 문명의 상속자라고 자부하다가도 불현듯 자신이 문명의 외딴곳에 있는 비관적인 존재라고 여기는 것처럼 말이지요. 분명 마음은 수시로 초점을 변화시키며, 세상을 다양한 관점에서 바라보려고 합니다. 하지만 어떤 마음은 (자신이 자연스럽게 가진 성질이지만) 다른 마음보다 불편해 보이기도 합니다. 이 불편한 상태를 지속하려면 사람은 무의식적으로 어떤 감정을 억눌러야 하고, 시간이 갈수록 그 일은 점점 고역이 됩니다. 반면 어떤 감정도 억누를 필요가 없어서 갖은 노력 없이도 지속할 수 있는 마음 상태가 있습니다. 나는 창가에서 물러나며, 아마 지금이 그런 상태이지 않을까 생각했습니다. 조금 전 두 사람이 택시를 타는 것을 보았을 때, 내 마음은 잠시 분열되어 있다가 곧 자연스럽게 하나로 융합되었지요. 그 이유는 분명 두 성이 협력하는 것이 자연스러운 일이기 때문일 것입니다. 우리에게는 두 성의 결합을 통해 가장 완벽한 행복과 만족을 이룰 수 있다는 이론을 선호하는 경향이 있습니다. 그것은 어쩌면 비합리적일지라도 심오한 점이 있는 본능이지요. 하지만 나는 두 사람이 택시에 올라탄 광경, 그리고 그것이 내게 준 만족감을 보며 다시 자문했습니다. 인간의 몸에 두 가지 성별이 있듯이 마음속에도 두 가지의 성별이 있을까? 또한 그것들도 완벽한 행복과 만족을 위해 결합되기를 바랄까? 나아가 나는 서툰 솜씨로 영혼의 지도를 그려 보았습니다. 그 속에는 두 종류의 힘, 즉 여성적인 힘과 남성적인 힘이 우리의 내면을 지배하고 있습니다. 이 지도에 따르면 여성의 두뇌에서는 여성적인 힘이 남성적인 힘보다 뛰어나고, 남성의 두뇌에서는 남성적인 힘이 여성적인 힘보다 뛰어납니다. 이 두 가지의 힘이 조화를 이루며 서로 협력 관계를 맺을 때, 우리는 일반적으로 편안한 마음 상태가 되는 것입니다. 또한 남성이라 하더라도 자신의 두뇌에 있는 여성적인 부분을 활용해야 하며, 여성 또한 자신의 두뇌에 있는 남성적인 부분과 교류해야 합니다. 콜리지[영국의 시인이자 평론가]가 "위대한 마음은 양성(兩性)이다."라는 말을 남긴 것도 이러한 이유 때문이었을 것입니다. 이런 융합이 일어날 때, 인간의 마음은 제 기능을 모두 활용하며 풍부해지는 것입니다. 단지 여성적인 마음 혹은 남성적인 마음만 가진 사람은 창조력을 잃게 될 것입니다. 하지만 우리는 여기에서 잠시 숨을 고르고 책 한두 권을 통해 남성적인 여성, 혹은 여성적인 남성이 무엇을 의미하는지 살펴보는 것도 좋겠습니다.

하지만 위대한 마음은 양성이라는 콜리지의 말은 여성에 대해 특별한 공감을 가지거나 여성을 대변하기 위해 말한 것은 분명 아니었습니다. 어쩌면 양성의 마음은 한 가지 성이 지닌 마음보다 오히려 성적 차이를 더 구분하지 못할 수도 있지요. 아마 그가 말하는 양성의 마음은 이런 뜻이었을 것입니다. 타인의 마음에 열려 있고, 어느 한편으로 치우치지 않으며, 어려움 없이 자신의 감정을 표현할 수 있고, 본디 창조적이며 열정을 발휘할뿐더러 분열되지 않은 마음 말이지요. 우리는 양성의 마음, 즉 여성적인 남성의 마음을 지닌 전형적 인물로 셰익스피어를 꼽을 수 있을 것입니다. 물론 그가 여성에 대해 어떤 입장을 가졌는지는 알 수 없지만요. 또한 실제로 성에 대해 의식적으로 사고 자체를 하지 않는 것이 온전히 발달된 마음을 보여 주는 일종의 상징이라 할 수 있다면, 지금은 여느 때보다 훨씬 그 상태에 도달하기 어려울 것입니다. 나는 다시 현존하는 작가들의 책으로 다가가, 이러한 사실이 오랫동안 나를 당혹스럽게 한 어떤 문제의 근원이지 않을까 하고 생각했습니다. 지금처럼 소란스럽게 성을 의식했던 시대는 없었을 것입니다. 남성이 여성에 대해 쓴 책이 대영 박물관에 무수히 놓인 것이 이를 입증하지요. 이렇게 된 데는 분명 여성 참정권 운동이 큰 영향을 미쳤을 것입니다. 그 일은 여성 또한 자기주장을 할 수 있다는 사실을 남자들에게 일깨워 주었겠지요. 또한 이런 일이 없었다면 굳이 생각해 보지도 않았을 자신의 성과 그 특징에 대해 강한 주장을 하도록 촉발했을 것입니다. 그동안 이러한 도전적인 행위를 한 번도 받아 본 적 없는 사람이 그런 상황과 마주한다면, 그 상대가 검은 보닛을 쓴 여인 몇 명에 불과하더라도 도를 넘어 앙갚음하려는 법이지요. 어쩌면 이러한 사실이 내가 이 책에서 찾았다고 기억하는 몇 가지 특징을 설명해 주리라 생각하면서, 나는 비평가들에게 칭찬을 받고 인생의 전성기를 보내고 있는 남자 A 씨의 신간 소설을 펼쳤습니다. 다시 남성의 글을 읽는 일은 꽤 즐거웠습니다. 앞서 여성들의 글을 읽은 후에 이것을 읽으니, 문장이 더없이 직설적이고 진술하게 느껴졌지요. 그 글은 어디에도 속박되지 않은 채 자유로운 몸과 마음, 또한 자신감으로 가득한 모습을 보여 주었습니다. 어느 누구의 간섭이나 방해를 받은 적이 없었고, 태어날 때부터 자신이 원하는 방향으로 얼마든지 뻗어 나갈 수 있는 완전한 자유를 누렸으며, 영양분을 풍부히 섭취하고 훌륭한 교육을 받았던 이 자유로운 마음을 느끼며, 나는 물질적인 풍요로움은 이런 것이라고 생각했습니다. 이 모든 것이 그저 감탄스러웠습니다. 하지만 한두 장을 읽고 나니, 책장 위로 어떤 그림자가 드리우는 것만 같았습니다. 알파벳 'I[나, 자아. 여기서는 남성 중심주의 등을 빗대는 표현으로 쓰임]' 모양을 한 검고 쭉 뻗은 그림자였지요. 나는 그림자 너머의 풍경을 보기 위해 몸을 이리저리 움직였지만, 그 너머의 풍경이 나무 한 그루인지 어떤 여자가 걸어오는 것인지조차 확실히 구분할 수 없었습니다. 자리로 돌아오면 다시 'I'가 나를 기다리고 있었지요. 이제 나는 'I'의 존재 자체가 성가시기 시작했습니다.

이 'I'는 너무나 존경스러우며, 정직하고 논리적이며, 굳은 열매처럼 단단하고, 몇 세기에 걸쳐 훌륭한 영양분과 교육을 받았는데 말입니다. 물론 나는 진심으로 'I'를 존경하고 그를 높이 삽니다. 하지만 (여기서 나는 무언가를 찾기 위해 한두 페이지를 넘겼습니다.) 가장 당황스러운 점은 모든 형체가 그 'I'의 그림자 안에서는 안개처럼 흩어져 버렸다는 것입니다. 저것은 나무일까요? 아니, 어떤 여인이군요. 하지만 피비(그 여인의 이름입니다.)가 해변을 가로질러 오는 모습을 바라보며, 나는 그녀의 몸에 뼈가 하나도 없을 것이라는 생각이 들었습니다. 그때 에드거 앨런 포가 일어났고, 그의 그림자는 금세 피비를 지워 버렸습니다. 앨런은 자신만의 견해가 있었고, 그 견해는 피비를 마치 홍수가 퍼붓듯이 잠기게 했습니다. 앨런은 마치 어떤 욕정을 품은 것 같았고, 나는 위기가 임박했다는 생각에 빠른 속도로 책장을 넘겼습니다. 그리고 실제로 일이 일어났습니다. 그 일은 태양이 내리쬐는 어느 해변에서 일어났습니다. 너무나 떳떳하고도 격렬하게 일어났지요. 하지만……. (아, 그러고 보니 '하지만'이라는 말을 너무 자주 쓰는 듯하군요. 언제까지나 '하지만' 같은 말만 할 수는 없겠지요. 나는 어떤 식으로든 문장은 끝내야 하는 법이라고 스스로를 꾸짖었습니다.) "하지만…… 나는 지루함을 느꼈다!"라고 써야 할까요? 나는 왜 지루해진 걸까요? 'I'가 주는 지배력, 크나큰 너도밤나무 같은 'I'라는 그림자 안에 드리워진 황폐함이 어느 정도 이유가 될 수 있겠지요. 그 안에서는 어떤 것도 자라지 못할 테니까요. 하지만 이보다는 분명치 않은, 어떤 다른 이유도 있었습니다. A 씨의 마음 안에는 창조력의 원천을 가로막고, 좁은 테두리 안에 창조력을 가둬 놓은 어떤 방해물이나 장애물이 있는 듯했습니다. 옥스브리지에서의 오찬과 담뱃재, 맹크스 고양이, 테니슨과 크리스티나 로제티를 통틀어 떠올려 보니, 장애물은 아마도 그곳에 있을지도 모른다는 생각이 들었습니다. 이제 앨런은 "문가의 시계꽃 덩굴에서 빛나는 눈물이 떨어졌네." 같은 콧노래를 부르지 않았습니다. 피비 또한 바닷가를 가로질러 오며 "내 마음은 노래하는 새. 둥지는 물먹은 여린 나뭇가지 위에 있고."라고 답하지도 않았습니다. 그러니 앨런이 달리 무엇을 할 수 있겠습니까? 이제 대낮처럼 숨김없고 태양처럼 논리적인 그가 할 수 있는 일은 한 가지뿐이겠지요. 하지만 사실대로 평가하자면, 앨런은 이런 일을 자꾸자꾸 (나는 책장을 넘기며 말했습니다.) 반복합니다. 또한 (이런 고백이 곤욕스러울 수 있다는 것을 알지만) 어쩐지 따분하게 여겨졌습니다. 셰익스피어의 외설은 우리의 마음에서 수천 가지의 생각을 뿌리째 뒤흔들기 때문에 전혀 따분하게 여겨지지 않습니다. 그는 문학적 재미를 위해 그렇게 하는 것이지요. 하지만 A 씨는 (유모들의 표현을 빌리자면) 일부러 그런 일을 저지릅니다. 항의의 표현인 것이지요. A 씨는 자신이 지닌 성의 우월성을 주장함으로써 다른 성과 동일하다는 의식에 항변하고자 하는 것입니다. 따라서 그는 방해받고 억제되고 자의식적인 것입니다. 아마 셰익스피어도 클러프[뉴넘 칼리지의 초대 학장]나 데이비스[거턴 칼리지의 공동 설립자]를 알았다면 그랬을 수도 있습니다. 만약 여성 운동이 19세기가 아닌 16세기에 시작되었다면, 엘리자베스 시대의 문학은 분명 우리가 알고 있는 것과는 많이 달라졌을 것입니다.

마음의 두 가지 측면에 대한 이론이 여전히 유효하다면, 우리는 남성적인 힘이 자의식에서 비롯된 것이라는 결론을 내릴 수 있습니다. 다시 말해 현대의 남성은 단지 두뇌의 남성적 측면으로만 글을 쓰는 것입니다. 그러니 여성이 그들의 글을 찾아 읽는 것은 전혀 유익하지 않은 일입니다. 그런 책에서는 여성들이 찾으려는 내용을 발견하지 못할 테니까요. 나는 비평가 B 씨의 책을 집어 들고, 시의 기법에 대한 그의 논평을 충실하고도 주의 깊게 읽으며 생각했습니다. 그들에게 가장 부족한 것은 연상(聯想)하는 힘이라고 말이지요. 물론 그 논평은 예리하고도 훌륭하게 풍부한 식견을 드러내고 있었습니다. 다만 비평가의 감정이 드러나지 않는 것이 문제였습니다. 그의 마음은 각각 다른 방에 틀어박혀 단절된 듯했고, 그 방들 사이로는 어떤 교류도 없어 보였지요. 그래서 우리는 B 씨의 문장을 마음속에 떠올리면, 그것은 곧장 죽어서 바닥으로 툭 떨어지고 맙니다. 반면 콜리지의 문장을 떠올리면, 그것은 폭발하며 갖가지 다른 생각들을 낳습니다. 이것이야말로 우리가 영원한 생명의 비밀을 지녔다고 말할 수 있는 부류의 글일 것입니다.

하지만 어떤 이유든 현대 남성이 남성적 측면만으로 글을 쓴다는 것은 분명 개탄해야 할 일입니다. 왜냐하면 그것은 (이때 나는 골즈워디 씨와 키플링 씨의 책이 즐비한 곳에 다다랐습니다.) 현존하는 가장 위대한 작가들의 몇몇 뛰어난 작품이 전혀 주목받지 못하는 것을 의미하기 때문입니다. 여성은 아무리 노력한들 그 작품에서 영원한 생명의 샘을 발견할 수 없을 것입니다. 아무리 비평가들이 그것이 그 작품 안에 있다고 설파하더라도 말입니다. 그런 작품들은 남성의 미덕을 기리고, 남성적인 가치를 강요하며, 남성의 세계를 묘사할뿐더러 그 안에 깃든 감정도 여성에게는 이해하기 힘든 것이기 때문입니다. 사람들은 그들의 책이 끝나기 훨씬 전부터 그것이 나온다며, 차츰 응집되고 있다며, 지금 머리 위에서 폭발하려 한다고 말합니다. 하지만 그 그림은 올드 졸리언[존 골즈워디의 연작 소설『포사이트가의 이야기』에 나오는 인물]의 머리 위에 떨어지고, 곧 그는 그 충격으로 사망하고 말 것입니다. 나이 든 서기는 두세 마디 정도의 부고(訃告) 기사를 쓰겠지요. 이를 보며 템스강의 수많은 백조는 동시에 노래를 부르기 시작할 것입니다. 하지만 이 일이 일어나기 전에, 여성은 구스베리 덤불 안에 숨어 버리고 말겠지요. 왜냐하면 남성에게는 다분히 심오하고 섬세하며 상징적인 감정들이 여성에게는 그저 이해하기 힘든 것이기 때문이지요. 끝내 등을 돌린 키플링 씨의 장교들, 방탕의 '씨'를 뿌리는 '부류들', 혼자서 자신의 '일'에 몰두하는 '남자들', '깃발'을 보면 알 수 있습니다. 순전히 남성들만이 하는 유흥을 봐 버린 것처럼 여성은 이 작은따옴표로 표시된 단어를 보며 얼굴을 붉히게 됩니다. 실은 골즈워디 씨나 키플링 씨의 마음속에는 여성적 측면이 눈곱만큼도 없습니다. 결국 그들이 지닌 모든 특질은 (다소 일반화해 이야기한다면) 여성들에게는 천하고 유치하게 보이는 것입니다. 그들은 연상하는 힘이 결핍되어 있습니다. 이런 책들은 아무리 마음의 표면에 세게 부딪쳐도 절대 내면으로 들어갈 수 없는 것입니다.

불안한 마음이 든 나는 책을 제대로 보지도 않고 다시 제자리에 꽂으며, 미래에 오로지 자기주장만 내세우는 남성성의 시대가 오면 어떻게 될지 잠시 상상해 보았습니다. 교수들의 편지(월터 롤리 경의 편지를 예로 들 수 있겠군요.)에서 예견된 적 있던, 또한 이미 이탈리아의 통치자들이 탄생시켰던 것과 같은 시대 말이지요. 우리는 로마에 가면 지배적인 남성성을 의식할 수밖에 없습니다. 이것이 국가에 어떤 가치를 지니는지 모르겠지만, 우리는 이것이 시에 어떤 영향을 미칠지에 대해서는 의문을 가져 볼 수 있습니다. 어느 보도에 따르면, 이탈리아에는 소설에 대한 어떤 불안감이 감돌고 있는 듯했습니다. '이탈리아 소설의 번영'을 위해 학술 토론 회의가 열리기도 했다지요. 일전에는 '명문가 출신의 사람들과 금융, 산업, 그리고 파시스트당[이탈리아의 정당]의 저명인사들'이 모여 이 문제를 논의했고, "파시즘의 시대에서는 곧 이에 걸맞은 시인을 배출할 수 있을 것"이라는 희망이 담긴 전보를 총통에게 보냈다고도 합니다. 우리가 모두 그 엄숙한 희망에 함께할 수 있을지는 모르겠지만, 인큐베이터에서 시가 나올 수 있을지는 다분히 의심스럽습니다. 시에는 아버지뿐만이 아니라 어머니가 있어야 합니다. 그들이 만드는 시는 (너무나 두려운 상상이지만) 어느 작은 마을의 박물관에 있는 유리병에 놓인 끔찍한 발육 불량 생물 같을 것입니다. 그런 괴물은 절대 오래 살 수 없다고 합니다. 그런 괴물이 들판에서 풀을 뜯는 모습은 여태껏 본 적이 없습니다. 몸통 하나에 머리가 두 개나 달렸다면 절대 오래 살 수 없겠지요.

하지만 이에 책임 소재를 따져야 한다면, 절대 어느 한 성의 전적인 잘못이라 할 수는 없습니다. 모든 선동가와 개혁가가 책임을 져야 합니다. 다시 말해 그랜빌 경에게 거짓말했던 베스버러 부인과 그레그 씨에게 진실을 말한 데이비스 같은 사람들 말입니다. 성을 의식하도록 만든 모든 사람에게 책임을 물어야 합니다. 또한 내가 책을 통해 역량을 발휘하고자 했을 때, 작가가 자신의 마음에 놓인 두 가지 측면을 동일하게 사용했던 (클러프나 데이비스가 태어나기 전의 행복했던) 시대에서 찾도록 만든 것도 그들의 소행인 것입니다. 결국 우리는 다시 셰익스피어에게로 돌아가야 하겠지요. 그가 지녔던 마음은 양성이었으니까요. 키츠, 스턴, 쿠퍼, 램, 콜리지도 그러했겠군요. 셸리는 아마도 무성(無性)이었을 것입니다. 반면 벤 존슨과 밀턴의 내면에는 남성적 측면이 너무나 강했습니다. 워즈워스와 톨스토이도 그러했습니다. 현존 작가 중에서는 프루스트가 온전히 양성의 마음을 지니고 있었습니다. 어쩌면 여성적 측면이 조금 더 강했다고 할 수도 있겠군요. 하지만 그런 결합은 너무나 드물어서 불만을 가질 수 없습니다. 이러한 섞임마저 없었다면 마음 안에는 지성이 너무나 많은 공간을 차지하고, 다른 기능들은 둔해지고 메마르게 되었겠지요. 하지만 나는 이런 시기가 그저 일시적일 거라고 스스로를 위로했습니다. 여러분에게 내 사고의 흐름을 보여 주겠다는 약속을 충실히 따르며 내가 지금껏 한 이야기는 어쩌면 꽤나 구시대적인 이야기로 들릴 수 있겠지요. 또한 내 눈 속에서 여전히 타오르는 불꽃은 아직 성년이 되지 않은 여러분에게 애매하게 보일 수도 있을 것입니다.

설령 그럴지라도, 나는 책상으로 다가가 '여성과 소설'이라는 제목이 쓰인 종이를 집어 들고 는 이런 생각을 했습니다. 이곳에 쓸 첫 문장은 바로 "자신의 성별을 염두에 두고 글을 쓰는 사람은 치명적이다."라는 것입니다. 순전한 여성 혹은 순전한 남성이 되는 것은 치명적입니다. 인간은 남성적 여성 혹은 여성적 남성이 되어야 합니다. 여성이 어떤 불평에 대해 조금이라도 강조하는 말을 하거나, 설령 그것이 정당하더라도 어떤 이야기를 하는 여성이라는 자의식을 가진 채 말하는 것은 분명 치명적인 일입니다. 여기서 '치명적'이라는 말은 단지 비유적인 표현이 아닙니다. 의식적으로 편향성을 지닌 글은 결국 살아남을 수 없는 운명에 처합니다. 그런 글은 절대 풍부해질 수 없지요. 당장 하루 이틀 정도는 빛나고 깊이 다가오며 걸작처럼 느껴질 수도 있겠지만, 해가 저물 때면 곧 시들고 말 것입니다. 이는 다른 사람의 마음속에서 생장할 수 없습니다. 창조적 예술을 위해서는 여성적 측면과 남성적 측면의 협력이 먼저 이루어져야만 합니다. 마음속에서 상반되는 두 성이 결합해 신혼살림을 차려야 하는 것이지요. 작가 자신의 경험을 충실하고도 온전히 전달한다는 인상을 줄 수 있으려면, 우선 모든 마음이 활짝 열려 있어야 합니다. 그 안에는 자유와 평화가 있어야만 합니다. 어느 바퀴나 어느 불빛도 삐거덕거리거나 깜빡깜빡하면 안 되는 것입니다. 커튼은 완전히 쳐야만 합니다. 또한 작가는 일단 자신의 경험을 매듭지으면, 편안히 누워 자신의 마음이 어둠 속에서 결혼식을 거행하도록 내버려 두어야 합니다. 그 와중에 어떤 일이 벌어지는지 엿보거나 질문을 던져도 안 됩니다. 차라리 장미 꽃잎을 하나하나 뜯거나 강물 위를 조용히 떠다니는 백조들을 바라보는 것이 낫겠습니다. 나는 다시 대학생을 실은 보트와 낙엽을 싣고 흐르는 강의 모습을 바라보았습니다. 여성과 남성이 함께 길을 가로질러 오는 모습도 보았습니다. 그러고는 저 멀리 런던의 차들이 요란하게 내는 소리를 들으며 생각했습니다. 택시에 두 사람이 탔고, 그 흐름은 그들을 휩쓸어 저 거대한 물결 속으로 실어 갔다고 말이지요.

자, 이제 메리 비튼은 말을 멈추었습니다. 그녀는 소설이나 시를 쓰기 위해서는 1년에 500파운드의 돈과 자물쇠를 잠글 수 있는 자기만의 방이 필요하다는 결론(실로 평범한 결론이지요.)에 어떻게 다다르게 되었는지 여러분에게 설명해 주었습니다. 그녀는 이런 결론을 이끌어 내도록 만든 모든 생각과 느낌을 숨김없이 보여 주려고 했습니다. 그녀는 교구 관리의 손짓에 놀라 당황하고, 어느 곳에서 점심을 먹다가 다른 곳에서 저녁을 먹고, 대영 박물관에서 낙서하고, 서가에서 책을 꺼내고, 창밖의 풍경을 바라보았던 그간의 여정에 함께해 주기를 바랐습니다. 그동안 여러분은 분명 그녀의 결함과 약점을 지켜보았을 것이며, 이런 것이 그녀의 견해에 어떻게 영향을 미쳤는지도 판단해 볼 수 있었을 것입니다. 혹은 그녀의 말에 이의를 제기하거나, 여러분의 생각을 덧붙이거나, 어떤 추론을 이끌어 낼 수도 있었을 것입니다. 그것은 지극히 당연한 일입니다. 이러한 문제에서 진실은 다양한 관점에서 견해를 비교해 보았을 때 얻을 수 있는 법이니까요. 이제 나는 개인적으로, 여러분이 보기에도 명백할 수 있는 비판 두 가지를 제시하며 글을 마무리할까 합니다.

먼저 여러분은 그녀의 말에서 두 성의 장점, 특히 여성 작가와 남성 작가가 각각 상대적으로 어떤 장점을 지니는지에 대해서는 어떤 견해도 제시되지 않았다는 사실을 지적할지 모릅니다. 하지만 이것은 의도적이었습니다. 설령 그런 비교와 평가를 할 수 있는 시대가 오더라도 (지금은 여성이 돈을 얼마나 벌고, 방을 몇 개나 가지고 있는지 확인하는 것이 각 성별의 능력에 대한 이론을 세우는 것보다 훨씬 더 중요합니다.) 성격이나 마음의 특징만큼은 단순히 설탕, 버터처럼 무게를 재어 볼 수 없다고 생각합니다. 등급으로 사람을 나누고, 머리에 모자를 씌운 채 각종 호칭을 덧붙이는 것에 익숙한 케임브리지 대학의 사람들도 이는 측정할 수 없습니다. 『휘터커 연감[영국을 포함한 다양한 나라의 광범위한 사실을 해마다 수록하는 정기 간행물]』에서 찾아볼 수 있는 '계층 순위표' 또한 궁극적인 가치의 서열을 뜻한다고 볼 수 없습니다. 만찬 자리에 들어갈 때, 바스 훈장을 받은 지휘관이 정신 이상자를 담당하는 보좌관보다 나중에 들어가야 한다는 관례에도 타당한 이유가 있다고 보지 않습니다. 서로가 지닌 성별과 자질을 그저 견주어 보기 바쁠 뿐더러 자신의 우월성을 주장하며 상대방에게 열등함을 강요하고자 하는 모든 행위는 인간의 성장 과정 중 청소년들이 다니는 사립 학교 수준이라고 할 수 있습니다. 그 단계에서는 대립된 편(便)이 있고, 반드시 상대편과의 싸움에서 이겨야 하며, 연단에 올라가 교장 선생님이 수여하는 상장 따위를 받는 것이 대단히 중요하게 여겨집니다. 하지만 사람들은 성장할수록 차츰 대립된 편이나 상장 따위에 관심을 두지 않지요. 더구나 책의 경우, 그것의 장점을 기록한 꼬리표를 쉽게 뗄 수 없다는 것은 익히 알려진 사실입니다. 이미 현대 문학에 대한 여러 평론이 평가의 어려움을 역설하고 있지 않습니까? 하나의 책이 '위대한 책'이나 '쓸모없는 책'이라는 두 가지 이름으로 불립니다. 칭찬이나 비난이나 아무 의미를 가지지 못합니다. 아니, 평가하는 행위는 즐거운 유흥거리가 될 수 있을지는 몰라도 그것은 너무나 무익할 뿐이며, 평가의 기준을 만든 사람들의 규정에 복종하는 것은 가장 비굴한 태도입니다. 당신이 쓰고 싶은 내용을 쓰는 것, 그것만이 중요한 일입니다. 그 글이 얼마나 가치를 지닐지, 몇 세대 아니면 단지 몇 시간 동안만 빛이 날지는 아무도 알 수 없습니다. 하지만 상패를 든 교장 선생님이나 당신을 측정하려 하는 어떤 교수님에게 경의를 표하기 위해, 당신이 지닌 시선을 단 한 올이라도 희생시키거나 너무나 사소한 빛깔이라도 희생시킨다면 그것은 가장 비굴한 변절입니다.

다음으로, 여러분은 모든 이야기에서 물질의 중요성이 너무나 많이 강조된 것 아니냐며 이의를 제기할 수도 있습니다. '1년에 500파운드의 돈'은 깊이 생각하는 힘을 의미하고, '자물쇠를 잠글 수 있는 자기만의 방'은 스스로 생각할 수 있는 힘이라는 폭넓은 상징적 해석의 여지를 주더라도, 여러분은 여전히 마음만큼은 이 모든 것을 뛰어넘어야 한다고 말하겠지요. 또 위대한 시인들은 흔히 곤궁했었다고도 말할 수도 있습니다. 그렇다면 시인이 되기 위해서는 무엇이 필요할까요? 나보다 훨씬 이 문제에 대해 잘 알고 계실 여러분의 문학 교수님이 하셨던 말씀을 인용해 보겠습니다. 아서 퀼러쿠치 경의 『작문법』에는 이런 말이 나옵니다.

> 지난 100여 년간 위대한 시인들은 누구였던가? 콜리지, 워즈워스, 바이런, 셸리, 랜더, 키츠, 테니슨, 브라우닝, 아널드, 모리스, 로제티, 스윈번…… 이쯤이면 될 것이다. 이들 중에서 키츠, 브라우닝, 로제티를 제외하고는 모두 대학을 나왔다. 또한 이 세 사람 중 형편이 넉넉지 못했던 키츠만이 인생의 전성기인 젊은 시절에 생을 마쳤다. 이런 말이 잔인하게 들릴지는 모르겠으나, 사실 너무나 서글픈 일이다. 하지만 시적 재능이 부자에게나 빈자에게나 가고 싶은 곳으로 자유로이 향한다는 이론이 거짓에 가깝다는 것은 분명한 사실이다. 위 열두 명의 시인 중 아홉 명이 대학을 나왔다는 것 또한 분명한 사실이다. 이는 곧 그들이 어떤 식으로든 영국의 최상급 교육을 받을 재력이 있었다는 것을 의미한다. 또한 대학을 나오지 않은 세 명 중, 브라우닝이 너무나 유복했다는 것 또한 분명한 사실이다. 만약 그의 집이 유복하지 않았다면, 그는 『사울』이나 『반지와 책』 같은 책을

쓸 수 없었을 것이다. 러스킨 또한 아버지의 사업이 번창하지 못했다면, 『현대의 화가들』 같은 책을 쓸 수 없었을 것이다. 한편 로제티는 개인 수입이 적게나마 있었고, 그림도 그렸다. 이제 남은 사람은 키츠뿐인데, 아트로포스[그리스 신화에서 '불가피한 것'이라는 뜻을 지닌 운명의 여신]가 한창때 그의 목숨을 앗아 갔다. 정신 병원에서 생을 마감한 존 클레어[농민의 애환을 담은 작품을 썼던 영국의 시인. 당대에 좋은 평을 받지 못해 고독과 우울증에 시달림]나 좌절을 잊기 위해 상습적으로 아편을 복용한 제임스 톰슨[스코틀랜드의 시인. 애인의 죽음과 빈곤으로 말미암아 피폐하게 생활함]처럼 말이다. 이는 너무나 끔찍한 사실이지만, 우리는 똑바로 그것을 바라보아야만 한다. 영국이 지닌 어떤 결함으로 말미암아 (우리는 국민으로서 이 점이 너무나 불명예스럽지만) 분명 가난한 시인은 최근뿐만 아니라 과거 200여 년 동안에도 실낱같은 기회조차 잡을 수 없었다. 단언하건대 우리는 말로는 민주주의에 대해 실컷 떠들지만, (내가 약 10년 동안 320여 개의 초등학교를 관찰한 결과) 실제로 영국의 빈곤한 집 아이들은 그것에서 해방되어 지적인 자유를 누리고, 나아가 위대한 작품을 낳을 희망이 전혀 없는 것은 아테네 노예의 자식들과 별반 다르지 않다.

이 문제에 대해 어느 누구도 이보다 명확하게 표현할 수는 없을 것입니다.

분명 가난한 시인은 최근뿐만 아니라 과거 200여 년 동안에
도 실낱같은 기회조차 잡을 수 없었다. 단언하건대 우리는 말로
는 민주주의에 대해 실컷 떠들지만, (내가 약 10년 동안 320여
개의 초등학교를 관찰한 결과) 실제로 영국의 빈곤한 집 아이들
은 그것에서 해방되어 지적인 자유를 누리고, 나아가 위대한 작
품을 낳을 희망이 전혀 없는 것은 아테네 노예의 자식들과 별반
다르지 않다.

맞습니다. 지적인 자유는 물질적인 것에 달려 있습니다.
또한 시는 지적인 자유에 달려 있습니다. 그리고 여성은 200
년 동안만이 아닌, 태초부터 가난했습니다. 아테네 노예의 자
식들보다도 여성은 지적 자유를 누리지 못했습니다. 내가 돈
과 자기만의 방을 그토록 강조했던 것은 바로 이러한 이유
때문입니다. 하지만 이름이 알려지지 않은 과거의 여성들, 더
많은 정보를 알았더라면 좋았을 그들의 노고는 이런 점을 개
선시켜 주었습니다. 또한 신기하게 두 차례의 전쟁도 이 효과
를 가져왔습니다. 플로렌스 나이팅게일을 거실에서 뛰쳐나
오게 한 크림 전쟁, 약 60년 후 일반 여성들에게도 전쟁 참여
의 문을 열었던 제1차 세계 대전의 경우가 그것입니다. 이 모
든 것이 없었더라면, 오늘 밤 나는 여러분과 이 자리에 함께
할 수 없었겠지요. 또한 1년에 500파운드를 벌 가능성도 (이
경우는 지금도 불확실하다는 점이 너무나 안타깝지만) 극히 낮았을

것입니다.

그런데도 여러분은 또다시 의문을 제기할지 모릅니다. 왜 여성이 글을 써야 하는 것이 그토록 중요한지 말이지요. 내가 이야기했던 바에 의하면, 글을 쓴다는 것은 너무나 큰 노력을 필요로 하고, 어쩌면 숙모를 살해하게 될지도 모르며, 오찬 모임에는 매번 늦게 될 것이고, 더없이 훌륭한 사람들과 격렬한 논쟁을 벌여야 할지도 모릅니다. 내 동기의 일정 부분이 이기적이라는 것은 자인합니다. 제대로 된 교육을 받지 못한 대다수 여성처럼 나 또한 독서를 (그것도 책을 쌓아 두고 읽기를) 좋아합니다. 하지만 근래 나의 식단은 조금 단조로웠습니다. 역사책에는 너무나 전쟁 관련 내용이 많았고, 전기는 남자들의 이야기일 뿐이었지요. 시는 점차 빈곤해지는 것만 같고, 소설은……. 이미 현대 소설 비평가로서 나의 무능함이 많이 드러났을 테니 더 이상 거론하지는 않도록 하지요. 나는 여러분이 크나큰 주제든 사소한 주제든 망설이지 말고 어떤 종류의 책이라도 써 보기를 부탁하고 싶습니다. 무슨 수를 써서라도 여행을 떠나고, 한가로이 시간을 보내거나, 세계의 과거와 미래를 성찰하고, 독서 후 공상에 잠긴 채 길거리를 배회하며, 사색의 낚싯줄을 깊은 강 속에 던질 수 있을 만큼의 충분한 돈을 여러분 스스로 벌 수 있기를 바랍니다. 나는 단지 소설만을 쓰라는 이야기가 절대 아닙니다. 여러분이 나에게 (또한 나와 비슷한 수천 명의 사람들에게) 즐거움을 주고 싶다면, 여행과 모험에 대한 책, 역사책과 학술서, 철학과 과학, 비평에 대한 책들을 쓰면 됩니다. 이는 소설 작성의 기법을 증진하는 데 도움을 줄 것입니다. 더구나 사포, 무라사키 시키부[일본 최고의 고전이라 평가받는 『겐지 이야기』를 쓴 작가], 에밀리 브론테 같은 과거의 위대한 인물에 대해 생각해 본다면, 그들은 창시자이자 계승자라는 것을 알게 될 것입니다. 다시 말해 그들은 여성이 자연스럽게 글을 쓰는 습관을 가지게 된 덕에 존재할 수 있었다는 사실을 깨닫게 될 것입니다. 그러므로 여러분의 이러한 행위는 설령 시의 서곡에 불과할지라도 대단히 가치를 지니는 일일 것입니다.

하지만 나는 그동안 썼던 이 기록들을 돌이켜 보고 내 사고의 발자취를 정리하면서, 이런 나의 동기가 전적으로 이기적인 데서 비롯되지는 않았다는 것을 깨닫습니다. 나의 이런 발언과 맥락 없는 추론들 사이에는 어떤 확신(혹은 직감이라고 할 수 있는)이 흐르고 있습니다. 좋은 책은 좋은 가치를 지니며, 훌륭한 작가들은 (설령 그들이 인간적으로는 갖가지 타락적인 모습을 드러냈다 하더라도) 훌륭한 인간들이라는 것입니다. 따라서 내가 여러분에게 더 많은 책을 써 달라고 부탁하는 것은 여러분뿐만 아니라 세상 전반에 도움이 되는 일을 하라는 의미가 됩니다. 이러한 직감 혹은 확신을 어떻게 납득시킬 수 있을까요. 철학적 용어를 남발하는 것은 대학 교육을 받지 못한 사람들을 현혹하기 쉬운 법이지요. '현실감'이란 무엇을 의미할까요? 그것은 어쩌면 너무나 변덕스럽고 믿을 수 없는 것처럼 보이기도 합니다. 때로는 먼지가 자욱한 길거리에서, 도로에 떨어진 신문 조각에서, 햇살을 머금는 수선화에서 이를 발견할 수도 있습니다. 또한 그것은 어느 방에 있는 한 무리의 사람들을 환히 비추기도 하고, 어떤 가벼운 말 한 마디에도 강렬한 기억을 선사합니다. 별빛 아래에서 집으로 가고 있는 누군가를 압도하고, 그 고요한 세계를 떠들썩한 세계보다 더 실재하는 것처럼 만들어 주지요. 또한 시끌벅적한 피커딜리[런던에서 가장 번화한 거리]를 지나가는 버스 안에서도 볼 수 있습니다. 때때로 그것은 너무 멀리 떨어져 있는 바람에 그 본질조차 구별할 수 없는 형체 속에서 머무는 듯합니다. 하지만 무엇이든 현실감의 손길이 지나가면, 그것은 영원토록 변치 않는 것이 됩니다. 이는 시간이 하루의 허물을 울타리 너머로 벗어 던진 후 남는 것, 지나간 날들과 우리에게 사랑과 증오의 마음이 흘러간 뒤에 남는 것이지요. 내 생각에 작가들은 바로 이러한 현실감을 가졌기 때문에 다른 사람보다 더욱 풍부한 삶을 영위할 기회를 가지게 됩니다. 현실감을 발굴하고 수집하며 이를 다른 사람들에게 전달하는 것이 작가의 도리겠지요. 적어도 나는 「리어왕」, 『엠마』, 『잃어버린 시간을 찾아서[마르셀 프루스트가 쓴 대하소설]』를 읽으며 이런 결론을 내렸습니다. 이런 책들을 읽고 나면, 마치 모든 감각이 개안 수술을 받은 것처럼 이전보다 더욱 사물을 강렬하게 보이도록 만듭니다. 세상은 덮개를 벗어 내고 더욱 강렬한 삶을 보여 주듯 하지요. 현실감을 가지지 못한 것에 적개심을 드러내며 살아가는 이는 부러워할 만한 사람들입니다. 반면 영문도 모르고 관심도 없던 일로 뒤통수를 얻어맞는 이는 가엾은 사람들입니다. 따라서 내가 여러분에게 돈을 벌고 자기만의 방을 가지라고 말하는 것은 곧 여러분이 현실감과 함께 생기 넘치는 삶을 누리기를 권장하는 것과 같습니다. 그런 삶을 다른 이에게 전해 줄 수 있든 없든 말이지요.

　나는 이쯤에서 말을 그만하고 싶지만, 모든 강연은 나름의 결론을 내리고 마무리해야 한다는 관례를 따라야 할 것만 같습니다. 더구나 여성들을 대상으로 하는 강연의 결론이라면, 특히 여성들의 용기를 고양할 만한 무언가가 있어야 한다는 것에는 다들 동의하실 겁니다. 이제 나는 여러분에게 더욱 고귀하며 정신적인 의무가 있다는 것을 기억하라고 간청해야 할 것입니다. 또한 여러분에게 얼마나 많은 것이 달려 있는지, 여러분이 얼마나 미래에 큰 영향을 줄 수 있는지 거듭 말해 주어야 하겠지요. 하지만 이러한 권고는 이제 다른 성의 몫으로 남겨 두어도 괜찮을 것 같습니다. 그들은 나보다 훨씬 청산유수처럼 이를 논할 것이고, 실제로 그렇게 해 왔지요. 아무리 내 마음속을 들여다보아도, 나는 남성과 동료가 된다거나 남성과 동등해지려 하는 감정이 없거니와 더 고귀한 목적을 위해 세상에 영향을 주고 싶은 마음도 없습니다. 나는 그저 다른 무엇이 아닌 자기 자신이 되는 것, 그것이 가장 중요한 일일 것이라며 간략하고도 평범하게 중얼거릴 뿐입니다. 심지어 나는 다른 이에게 영향을 미칠 생각은 꿈도 꾸지 말라며 손사래를 칠 것입니다. 물론 저 말을 좀 더 고귀하게 표현할 수 있다면 말이지요. 사물은 오로지 사물 그 자체로 바라보아야 합니다.

나는 다시 신문과 소설, 전기들을 이따금 훑어보며, 여성이 다른 여성에게 말을 건넬 때는 종종 못마땅한 속내가 깔렸을 수도 있다는 통념에 대해 생각해 보았습니다. 여성은 여성에게 너무나 모질고 혹독합니다. 여성은 여성을 싫어합니다. 여성은…… 그런데 여러분은 이런 표현에 넌더리가 나지 않나요? 단언하건대 나는 그렇습니다. 그렇다면 여성이 여성에게 읽어 주는 강연문은 특히도 못마땅한 어떤 이야기로 끝나야 된다는 점에는 동의해야겠습니다.

어떻게 해야 할까요? 무엇을 생각해야 할까요? 사실 나는 여성이 좋을 때가 많습니다. 나는 관습에 얽매이지 않는 그들의 모습을 좋아합니다. 그들의 섬세함과 익명성 또한 좋아합니다. 또한 나는…… 하지만 계속 이런 이야기를 하면 안 되겠지요. 또한 여러분은 저 벽장 안에 깨끗한 식탁보밖에 없다고 말하겠지만, 혹시 저 안에 아치볼드 보드킨 경[래드클리프 홀의 소설 『고독의 우물』에 대해 기소한 검찰 국장]이 숨어 있다면 어떤 일이 일어날까요? 그러므로 나는 조금 더 엄중한 논조로 말해야겠습니다. 내가 앞서 다른 성의 비난과 책망에 대해 여러분에게 충분히 말했던가요? 나는 오스카 브라우닝 씨가 여러분을 상당히 미개하게 바라보았다는 것을 지적한 바 있습니다. 나폴레옹은 예전 여러분에 대해, 무솔리니는 지금 여러분에 대해 어떤 생각을 지녔는지도 언급했습니다. 또한 소설에 대한 열망이 가득한 여러분에게 자신의 성이 지니는 한계에 대해 용감하게 인정하라는 비평가의 충고 또한 소개했습니다. X 교수에 대한 이야기를 하며, 여성의 정신적, 도덕적, 신체적 열등을 연구했다는 그의 언행도 전했습니다. 나는 여러분이 굳이 찾아보려 하지 않아도 내가 그동안 들었던 모든 이야기를 전했습니다. 이제 마지막 경고만이 남았습니다. 존 랭던 데이비스 씨는 여성에게 다음과 같은 경고의 말을 했습니다.

"아이를 전적으로 원하지 않게 될 때, 여성은 전적으로 쓸모없는 존재가 된다."

여러분은 이 말을 따로 꼭 적어 두기 바랍니다.

이러니 내가 어떻게 이들 이상으로 여러분에게 인생을 열심히 살라고 권할 수 있겠습니까? 젊은 여성들이여, 이제 결론을 낼 테니 집중해 주기 바랍니다. 내 생각에 여러분은 수치스러울 정도로 무지합니다. 여러분은 어떤 종류든 위대한 발견을 해낸 적이 단 한 번도 없습니다. 여러분은 제국을 뒤흔들어 보거나 군대를 이끌고 전투에 나선 적도 없습니다. 여러분은 셰익스피어의 희곡을 쓰지 않았으며, 야만인들에게 문명의 축복을 선사할 수 있도록 돕지도 않았습니다. 자, 이 말에 뭐라고 변명하시겠습니까? 아마 여러분은 흑인, 백인, 황인들이 부지런히 사업하고 교역을 벌이고 사랑하며 다니는 세계의 여러 숲과 광장을 가리키며, 우리는 그때 다른 일을 하고 있었다고 말하겠지요. 우리의 노동이 없었다면 배가 바다를 횡단하는 일도 없었을 것이며, 저 비옥한 땅들 또한 황무지 상태에 머물렀을 것이라고 말하겠지요. 어떤 통계에 따르면 우리는 약 16억 2,300만 명의 현존 인간을 낳았고, 아이들이 예닐곱 살이 될 때까지 기르고 씻기고 교육했다고 합니다. 그것은 누군가의 도움을 받았다 하더라도 꽤 오랜 시간이 소요되는 일이라고도 말하겠지요.

물론 여러분의 말에도 일리가 있다는 것을 부정하지는 않겠습니다. 하지만 동시에 여러분에게 꼭 상기시키고 싶은 부분이 있습니다. 1866년 이후 영국에는 여성이 진학할 수 있는 대학이 적어도 두 곳 존재해 왔다는 사실, 1880년 이후에는 기혼 여성도 법적으로 재산을 소유할 수 있게 되었다는 사실, 1919년(지금으로부터 정확히 9년 전이군요.)에는 여성이 투표권을 얻게 되었다는 사실입니다. 또한 대부분 전문직에 접근할 수 있게 된 지도 10년 가까이 되어 간다는 사실 또한 여러분에게 말하고 싶습니다. 여러분이 지금 누릴 수 있는 이 어마어마한 특권과 이를 누릴 수 있는 기간이 얼마나 되었는지를 생각해 본다면, 또한 이 순간에도 다양한 방법으로 1년에 500파운드 이상을 벌 수 있는 여성이 약 2만 명 정도 존재한다는 사실을 생각해 본다면, 기회를 얻지 못했다거나 교육의 기회가 없었다거나 격려가 부족했다거나 돈과 여유가 없었다는 변명은 더 이상 통하지 않을 것이라는 사실에는 동의할 수 있을 겁니다. 게다가 이제 경제학자들은 시튼 부인이 너무 많은 자녀를 두었다고 지적하기도 합니다. 물론 여러분도 아이를 낳아야 하겠지만, 그들의 말에 따르면 열이나 열두 명이 아닌 둘이나 셋만 낳아도 충분하다고 하더군요.

그리하여 여러분이 가지게 된 여유 시간과 독서를 통해 쌓인 지식을 바탕으로 (어쩌면 여러분은 그동안 여러 방면에서 충분한 지식을 쌓았기 때문에 일정 부분은 탈교육화를 위해 대학으로 보내지는 것은 아닌지 생각해 보기도 합니다.) 지난하고 고되며 누구 하나 알아주지 않은 일의 다음 단계로 접어들어야 합니다. 여러분이 어떤 일을 하고, 어떤 영향을 주어야 하는지를 알려주기 위해 이미 수천 개에 달하는 펜이 여러분을 기다리고 있습니다. 이런 나의 제안이 약간은 공상일 수도 있음을 인정합니다. 그렇기에 나는 소설의 기법을 차용해 이를 표현해야겠다는 생각이 드는군요.

앞서 나는 셰익스피어에게 누이가 있었다는 말을 한 적이 있습니다. 하지만 시드니 리 경이 쓴 셰익스피어에 대한 전기에서 그녀를 찾지는 마십시오. 그녀는 젊은 나이에 생을 마감했고, 안타깝게도 제대로 된 글 하나 쓰지 못했으니까요. 그녀는 지금 엘리펀트 앤 캐슬 바깥쪽에 있는 어느 버스 정류장에 묻혀 있겠지요. 하지만 나는 글 한 줄 쓰지 못한 채 그곳에 묻힌 이 시인이 여전히 살아 있다고 믿습니다. 그녀는 여러분과 나의 마음속에, 또한 오늘 밤 설거지를 하고 아이들을 재우느라 이곳에 오지 못한 수많은 여성의 마음속에 살아 있습니다. 그래요, 살아 있는 것입니다. 위대한 시인은 죽지 않는 법이니까요. 그들의 존재는 사라지지 않습니다. 다만 육신속에 깃들 기회를 필요로 할 뿐입니다. 나는 여러분이 그녀에게 기회를 주어야 할 때가 오고 있다고 생각합니다. 우리가 앞으로 약 100년 정도 살아갈 동안 (이 말은 우리가 각자 살아가는 짧은 생이 아닌, 진정한 삶이라 부를 수 있는 공동체적 생을 말하는 것입니다.) 1년에 500파운드와 자기만의 방을 가질 수 있다면, 자유로운 습성으로 자신의 생각을 적확히 표현할 수 있는 용기를 가진다면, 가족 모두가 사용하는 거실에서 잠시 벗어나 인간을 늘 타인과의 관계에서만 보는 것이 아닌 현실감과 연관시켜 바라볼 수 있다면, 하늘이든 나무든 모든 사물을 사물 그 자체로 바라볼 수 있다면, 어느 누구도 우리의 시야를 차단할 수 없기에 밀턴의 악령을 뛰어넘어 바라볼 수 있다면, 누구에게도 팔을 의지하지 않고 홀로 나아가야 하며 그 과정에서 단지 남녀 간의 세계가 아닌 현실감과의 세계와 관련되어 있다는 명명백백한 사실을 직면할 수 있다면, 그렇게 된다면 셰익스피어의 누이는 그 기회—또한 자신이 스스로 내던졌던 그 육체—를 다시금 얻게 될 것입니다. 그녀의 오빠가 그랬듯이, 그녀 또한 선구자였던 과거의 무명 시인들의 삶에서 자신의 삶을 이끌어 낼 수 있을 것입니다. 하지만 이런 탄생을 위해 사전에 준비해야 되는 작업이 없다면, 다시 말해 우리가 이를 위한 노력을 기울이지 않고, 그녀가 다시 태어날 때는 절대 스스로 몸을 내던지지 않고 자신의 시를 오롯이 쓸 수 있게끔 하겠다는 결심이 없다면, 우리는 그녀의 출현을 기대할 수 없습니다. 그것은 불가능한 일입니다. 하지만 나는 단언합니다. 우리가 그녀를 위해 일한다면, 그녀는 반드시 나타나리라는 것을. 설령 곤궁하고 무명의 처지라 하더라도 이를 위해 일하는 것은 분명 가치를 지닌다는 것을.

자기만의 방

A Room of
One's Own

작품 해설 및 작가 연보

『자기만의 방(A Room of One's Own)』 작품 해설

1. 작가의 생애

20세기 페미니즘과 모더니즘의 선구자이자 영국의 위대한 소설가, 비평가로 불리는 버지니아 울프(Adeline Virginia Woolf, 1882~1941)는 1882년 1월 25일, 영국 런던에서 태어났다. 아버지 레슬리 스티븐은 저명한 평론가이자 학자였다. 울프는 아버지의 영향을 받아 유년 시절부터 그의 서재를 드나들며 수많은 책을 탐독했다.

어려서부터 신경이 예민했던 그녀는 1895년에 어머니를 잃고 1904년에 아버지마저 잃게 되자, 몇 차례 정신 질환 증세를 보인다. 이후 그녀는 언니, 오빠와 함께 런던의 블룸즈버리에 있는 집으로 거처를 옮긴다. 1899년에는 케임브리지 출신의 학자들이 그녀의 집에 모여 '블룸즈버리 그룹'이라는 젊은 지식인들의 모임을 결성한다. 당시 여성은 제대로 된 교육을 받을 수 없었기에 울프 역시 학교에서 정식 교육을 받지 못한다. 하지만 그녀는 리튼 스트레이치, 레너드 울프, 클라이브 벨, 존 메이너드 케인스, 데스먼드 매카시 등과 어울리며 그들과 문학과 예술, 정치와 경제 등에 관한 사상을 교류할 만큼 훌륭한 지성을 갖추고 있었다.

1905년에는 런던 몰리 칼리지에서 근로자들을 위한 야간 강의를 하며 〈타임스〉 등의 잡지에 비평을 기고한다. 1912년에는 평론가인 레너드 울프와 결혼한다. 하지만 이듬해, 정신 질환 증세가 악화되어 자살을 기도한다. 아내의 증상이 걱정되었던 레너드는 그녀에게 소일거리를 마련해 주기 위해 출판사를 설립한다. 이렇게 해서 탄생한 '호가스 출판사'는 버지니아의 여러 작품과 T.S. 엘리엇의 작품 등을 출간하며 이류을 알린다.

1915년에는 그녀의 첫 작품인 소설 『출항(The Voyage Out)』을 출간한다. 그 후 『벽 위의 자국(The Mark on the Wall)』(1917), 『밤과 낮(Night and Day)』(1919) 등의 소설을 발표하며 소설가로서도 이름을 알린다. 특히 1922년에 출간된 『제이콥의 방(Jacob's Room)』은 기존 소설의 형식에서 벗어나 새로운 모습을 선보였는데, 이른바 '의식의 흐름' 기법을 사용한 그녀의 실험 정신은 1925년에 출간된 『댈러웨이 부인(Mrs. Dalloway)』에서 정점에 이른다. 같은 해에 평론집 『일반 독자(The Common Reader)』도 출간한다. 1927년에는 인간의 내면을 예리하게 통찰한 장편 소설 『등대로(To the Lighthouse)』를, 이듬해에는 자전적 소설이자 현실과 환상의 세계를 넘나드는 실험적 장편 소설 『올랜도(Orlando)』(1928)를 발표한다. 1929년에는 케임브리지 대학 뉴넘 칼리지에서의 강연을 토대로 수정, 보완한 에세이 『자기만의 방(A Room of One's Own)』을 출간한다. 이 작품은 발표 당시 세간의 주목을 받으며 오늘날까지 페미니즘의 교본이라 불릴 만큼 많은 사랑을 받고 있다.

1931년에는 운문 형식을 띤 소설 『파도(The Waves)』를 발표한다. 이렇듯 그녀는 소설을 집필하면서 끊임없이 새로운 기법을 시도한다. 1938년에는 『자기만의 방』과 더불어 버지니아 울프의 대표작으로 불리는 서간체 에세이 『3기니(Three Guineas)』를 출간한다.

이처럼 버지니아 울프는 소설과 에세이 등 다양한 장르의 작품을 아우르며 꾸준히 창작 활동을 펼쳐 작가로서의 명성을 쌓아간다. 하지만 그녀의 지병인 신경 질환 증세는 더욱 악화된다. 결국 그녀는 마지막 작품이 된 소설 『막간(Between the Acts)』(1941)을 남기고 1941년 3월 28일, 언니와 남편에게 유서를 남긴 뒤 우즈강에 투신한다.

버지니아 울프의 대표작인 『자기만의 방』과 『3기니』 등은 훗날 그 가치가 재평가되어 페미니즘 비평의 고전이자 정전(正典)으로 불리며 시대를 거슬러 많은 사랑을 받고 있다. 특히 여성이 글을 쓰기 위해서는 자립해야 하며 물적 · 정신적 조건이 모두 충족되어야 한다는 견해를 피력한 페미니즘 비평서 『자기만의 방』이 지닌 가치와 의미는 그 어느 때보다 페미니즘의 기치를 높이고 있는 오늘날 시사하는 바가 크다.

2. 작품 내용 살펴보기

『자기만의 방』은 버지니아 울프가 영국 케임브리지 대학의 거튼 칼리지와 뉴넘 칼리지 문학회에서 '여성과 소설'이라는 주제로 강연한 원고를 수정, 보완해서 에세이로 출간한 것이다. 책의 구성 역시 강연 형식을 그대로 차용해 가상의 화자인 '나'가 자신의 경험을 토대로 견해를 피력하는 자유로운 방식으로 전개되고 있다.

이 책의 서문에서 울프는 강연 주제인 '여성과 소설'의 의미에 대해 고찰하면서 여성이라는 존재의 의미, 여성이 쓴 소설, 여성에 관한 소설로 나누어 살펴보고 있다. 그러면서 울프는 '여성 작가'로서 자신이 직접 체득한 현실에 대해 서술하고 있다. 동시에 세상에는 남성과 여성이라는 두 부류가 존재하고 그 수 역시 비슷한데 왜 대부분 작가는 남성일 수밖에 없는지, 문학은 왜 남성의 전유물이 되었는지에 관해 질문을 던진다.

'여성과 소설'에 대한 강연을 하라고 했는데, 내가 자기만의 방이라는 이야기를 꺼낸다면 여러분은 대체 그것이 무슨 연관이 있느냐고 묻겠지요. 이제 설명해 보겠습니다. (…) 내가 할 수 있는 일이라고는 그저 어떤 견해, 중요해 보이지 않을 수도 있는 견해 하나를 여러분께 전해 주는 것뿐입니다. 여성이 소설을 쓰기 위해서는 돈과 자기만의 방이 있어야 한다는 사실이지요.

하지만 이미 말했던 것처럼 내 숙모는 나에게 유산을 남기셨습니다. 10실링 지폐를 꺼낼 때마다 나를 갉아먹고 좀먹게 하던 두려움과 비애는 점점 사라졌습니다. 고정 수입이 불러온 변화는 실로 경이로운 것이었습니다. 이제 어느 누구도 내게서 500파운드를 빼앗을 수 없었습니다. 그렇다면 의식주는 오롯이 내 차지가 되는 것입니다. 이 유산 덕분에 내 고생은 끝났고, 비애와 증오도 사라지게 되었지요. 나는 이제 남자를 증오하지 않아도 될 것입니다. 그 어떤 남자도 나를 해칠 수 없을 테니까요. 또한 그들에게 아양을 떨 필요도 없을 것입니다. 남자들에게서 받아야 하는 것이 없으니 말이지요.

울프가 살았던 20세기 초엽의 영국은 여성이 경제적으로 독립할 수 없고 여성의 권리가 억압된, 가부장적인 사회 풍조가 만연했다. 제대로 된 직업을 가질 수 없고, 자립할 수 없었던 당시의 여성은 결혼을 통해 남성에게 경제적으로 의존할 수밖에 없었다. 결혼 후에는 한 남자의 아내로서, 자식들의 어머니로서 종속된 삶을 살아갈 수밖에 없었던 것이다. 이렇듯 여성으로서의 주체성이 결여된 삶은 작가로서의 재능이 있었던 여성들에게는 너무도 가혹한 것이었다.

울프는 여성이 글을 쓰기 위해서는 '연간 500파운드의 고정 수입'과 '자기만의 방'이 필요하다고 말한다. 이는 여성 작가들에게 있어 최소한의 필요조건이라는 것이다. 울프는 글을 쓰는 자신에게는 숙모에게 상속받은 연 500파운드의 유산이 여성에게 새롭게 부여된 참정권보다 훨씬 더 중요하다며 화자의 목소리를 빌려 역설하고 있다. 최소한의 경제적 수입과 누구의 방해도 받지 않는 자기만의 방, 이러한 조건이 충족되지 않는 상태에서 여성 작가는 창작을 위한 자유로운 사유를 할 수 없다는 것이다.

또한 울프는 19세기 말 여자 대학의 정찬에 대해 언급한다. 여자 대학의 정찬은 남자 대학의 오찬에 비해 터무니없이 부족하다며, 남성과 여성의 불공평한 교육 혜택에 대한 안타까움을 드러내고 있다. 여성이 처한 부당한 현실은 이뿐만이 아니었다. 여성이라는 이유로 대학 연구원을 대동하거나 소개장이 있어야만 허락되었던 도서관 출입, 윌리엄 셰익스피어만큼의 문학적 재능이 있었지만 여성이라는 이유로 원치 않던 결혼을 함과 동시에 글쓰기를 포기해야만 했던 셰익스피어의 누이를 예로 들고 있다. 울프는 작가로서의 재능을 지닌 여성들이 자신의 꿈을 펼치는 것이 얼마나 어려운 일인지, 결국 자살이라는 극단적인 선택을 해야만 했던 셰익스피어의 누이에게 연민의 시선을 보내며 작가를 꿈꾸는 여성으로서의 삶은 난해함을 넘어선 불가능함이라고 역설하고 있다.

물론 이러한 악조건 속에서도 보란 듯이 성공해 위대한 반

열에 오른 여성 작가들도 분명 존재한다. 오늘날까지 꾸준한 사랑을 받고 있는 영국의 여성 작가 샬롯 브론테(Charlotte Bronte, 1816~1855)와 에밀리 브론테(Emily Bronte, 1818~1848) 자매, 제인 오스틴(Jane Austen, 1775~1817)이 그러하다. 하지만 그녀들 역시 마음껏 사유할 수 있는 자기만의 방을 가지지 못한 채 어수선하고 불편한 공간의 한 귀퉁이에서 작가로서의 열정을 쏟아 냈을 것이다. 이렇듯 현실적인 어려움을 극복하며 작가로서의 꿈을 포기하지 않고 부단히 노력해 마침내 꿈을 이룬 그녀들의 열정은 당시 힘겨운 상황 속에서도 묵묵히 글을 썼던, 혹은 글쓰기를 포기하려 했던 여성 작가들에게 자극과 희망이 되었을 것이다. 또한 그 영향력은 오늘날까지도 유효할 것이다.

하지만 위대한 마음은 양성이라는 콜리지의 말은 여성에 대해 특별한 공감을 가지거나 여성을 대변하기 위해 말한 것은 분명 아니었습니다. 어쩌면 양성의 마음은 한 가지 성이 지닌 마음보다 오히려 성적 차이를 더 구분하지 못할 수도 있지요. 아마 그가 말하는 양성의 마음은 이런 뜻이었을 것입니다. 타인의 마음에 열려 있고, 어느 한편으로 치우치지 않으며, 어려움 없이 자신의 감정을 표현할 수 있고, 본디 창조적이며 열정을 발휘할 뿐더러 분열되지 않은 마음 말이지요.

의식적으로 편향성을 지닌 글은 결국 살아남을 수 없는 운명에 처합니다. 그런 글은 절대 풍부해질 수 없지요. 당장 하루 이틀 정도는 빛나고 깊이 다가오며 걸작처럼 느껴질 수도 있겠지만, 해가 저물 때면 곧 시들고 말 것입니다. 이는 다른 사람의 마음속에서 생장할 수 없습니다. 창조적 예술을 위해서는 여성적 측면과 남성적 측면의 협력이 먼저 이루어져야만 합니다. 마음속에서 상반되는 두 성이 결합해 신혼살림을 차려야 하는 것이지요. 작가 자신의 경험을 충실하고도 온전히 전달한다는 인상을 줄 수 있으려면, 우선 모든 마음이 활짝 열려 있어야 합니다. 그 안에는 자유와 평화가 있어야만 합니다.

울프가 말하는 여성으로서의 '주체적 글쓰기'는 남성과 동등해지기 위한 기존의 방식을 그대로 답습하는 것이 아니라 여성이 자신의 내면의 소리에 귀를 기울이며 그들만이 가지고 있는 섬세하고 복잡한 감성을 글로 나타내는 것이다. 이러한 울프의 문학관은 그녀의 작품 속에서 기존의 형식에 구애받지 않는 자유로운 의식의 흐름으로 나타나 난해함과 모호함으로 발현되어 비판의 대상이 되기도 한다. 하지만 자기 자신을 오롯이 작품에 담아내야만 주체적인 글이 탄생한다는 울프의 견해는 반론의 여지가 없을 것이다.

울프는 남성성과 여성성을 존중하며 각자의 특성을 글에 담아내야 한다고 피력했지만, 여성적 글쓰기와 남성적 글쓰기를 구분 지으려 한 것은 아니었다. 남성에게도 여성성이 존재하고, 마찬가지로 여성에게도 남성성이 존재하기 때문이다. 이러한 양가적 특성이 함께 공명할 때 비로소 보편성을 획득할 수 있고 공감대를 형성할 수 있게 되는 것이다. 보편성이 결여된 글은 결코 공감될 수 없으며, 공감대가 형성될 수 없는 글은 독자를 확보할 수 없다. 독자가 존재하지 않는 글은 생명력을 부여받을 수 없기에 글쓰기에 있어서 양성성의 조화는 무엇보다 중요한 것이다.

이렇듯 울프는 이 책에서 여성의 권리가 억압된 당대 현실을 날카롭게 통찰하며 예리한 필치로 자신의 세계관을 피력했다. 남성은 남성성, 여성은 여성성만을 드러내야 한다는 편향된 의식을 지양하고 한 사람의 내면에 존재하는 양성성을 존중해야 한다는 결론은 다소 모호해 아쉬움이 남는다. 하지만 그녀의 견해는 언제, 어디서든 통용될 수 있는 보편타당한 결론임에 틀림없다. 이는 비단 글쓰기에만 국한되는 것은 아닐 것이다.

울프는 시간이 흐르면 분명 시대도 변할 것이며, 여성은 더 이상 남성의 전유물도, 그들에게 보호받는 존재도 아닌, 당시 여성들에게는 결코 허용되지 않았던 것들에 참여할 수 있는 능동적이고 주체적인 존재가 될 것이라고 예견하고 있다. 물론 해결되어야 할 문제들은 여전히 존재하지만, 울프의 선구안은 보란 듯이 적중했다. 이렇듯 여성으로서의 주체성을 찾되 남녀가 지닌 차이점을 인정하면서 서로가 지닌 특성을 절충·보완하자는 그녀의 견해는 페미니즘의 선구자로서 앞선 시대 인식을 보여 주고 있다.

3. 마치며

버지니아 울프는 모더니즘을 대표하는 아일랜드 작가 제임스 조이스(James Augustine Aloysius Joyce, 1882~1941)와 더불어 기존의 소설 형식에서 벗어난, 이른바 '의식의 흐름' 기법이라는 새로운 형식을 작품에 도입한 선구자로 알려져 있다. 그녀의 이러한 소설 기법은 일반적인 소설 형식에 익숙해져 있던 독자들에게 다소 난해하고 지루하다는 평가를 받기도 한다. 하지만 이러한 실험 정신이 담긴 『제이콥의 방』, 『댈러웨이 부인』 등은 당시 작품성 측면에서 호평을 받았으며 상업적으로도 성공을 거두었다. 이렇듯 버지니아 울프라는 작가의 명성을 드높여 준 이 작품들은 출간된 지 수십 년이 지난 오늘날까지도 꾸준한 사랑을 받고 있다.

앞서 살펴본 바와 같이 버지니아 울프의 삶은 순탄하지 못했다. 그녀는 평생 정신 질환 증세에 시달리며 결국 자살이라는 비극으로 생을 마감했다. 아이러니하게도 작가로서의 비극은 사후에 희극으로 다가오기도 한다. 그녀의 비극적인 생애는 세간의 이목을 집중시켰고, 오늘날에도 작품보다는 오히려 그녀의 불운한 삶이 좀 더 주목을 받고 있기 때문이다. 책을 사랑하는 독자들이라면 누구나 한 번쯤은 읽고 들어봤을 박인환의 시 「목마와 숙녀」, 피천득의 수필집 『인연』에서 버지니아 울프라는 이름이 언급되고 있으며, 그녀의 이름은 이미 문학사에서 불우함의 대명사로 자리 잡고 있다. 이렇듯 그녀를 사랑하는 수많은 작가가 안타까운 그녀의 삶에 애도를 보내고 있으며, 오늘날에도 버지니아 울프의 수많은 평전이 출간되고 있다.

버지니아 울프는 지금보다 훨씬 더 여성의 권리가 억압되었던 시대에 용기와 열정을 잃지 않고 글쓰기를 멈추지 않으며 여성의 권리를 되찾기 위해 당당하고 꿋꿋하게 자신의 목소리를 드러냈던 시대의 선구자다. 그녀의 이러한 노력이 결코 헛되지 않았음을 이제는 우리가 보여 주어야 할 차례다.

'의식의 흐름'이라는 기법이 다소 낯설어 울프의 작품에 쉽게 접근하지 못하는 독자에게는 소설보다는 단편집이나 에세이를 먼저 권하고 싶다. 그녀의 사유가 집약된 『자기만의 방』이 버지니아 울프라는 매력적인 세계로 진입하는 친절한 안내자가 되기를 바란다. 그리고 제2의, 제3의 셰익스피어의 누이가 더는 탄생하지 않기를, 아울러 서점과 도서관, 혹은 누군가의 책장에서 지금보다 더 많은 여성 작가의 책을 만나 볼 수 있기를 바란다.

작가 연보

1882년 런던에서 태어남. 어머니는 모델이자 귀족 출신이었던 줄리아 스티븐, 아버지는 『영국 인명사전』을 편찬하고 당대 지성인으로 불린 레슬리 스티븐.

1895년 어머니가 별세함. 처음으로 정신 이상이 나타남.

1897년 킹스 칼리지 런던에 진학해 그리스어와 역사를 학습함.

1899년 오빠 토비가 케임브리지 대학교의 트리니티 칼리지에 진학함. 리튼 스트레이치, 레너드 울프, 클라이브 벨, 존 메이너드 케인스 등과 교류하며 '블룸즈버리 그룹'의 일원으로 활동함. 이들은 예술, 정치, 철학을 넘나들며 다양한 주제로 이야기를 나눴으며, 이들의 활동은 20세기의 모더니즘 발전에 지대한 영향을 미침.

1904년 아버지가 별세함. 두 번째 정신 이상을 일으킴. 〈가디언〉에 무명으로 서평을 기고하며 작품 활동을 시작함. 블룸즈버리로 이사함.

1905년 포르투갈과 스페인을 여행함. 몰리 칼리지의 야간 학교에서 노동자들을 위해 강의함.

1906년 그리스를 여행함. 오빠 토비가 사망함.

1907년 거처를 옮김. 첫 소설 집필을 시작함.

1910년 여성을 위한 참정권 운동에 참여함.

1911년 터키를 여행함. 미국 브런즈윅 스퀘어로 이사함. 레너드 울프, 케인스 등과 같이 삶.

1912년 레너드 울프와 결혼함. 거처를 옮김.

1913년 정신 이상이 악화되어 자살을 시도함.

1915년 런던 남부로 이사함. 첫 장편 소설 『출항』을 출간함. 또다시 극심한 정신 이상을 겪음.

1917년 남편과 함께 '호가스 출판사'를 설립함. 출판사명은 울프 내외가 거주한 '호가스 하우스'의 이름을 따옴.

1919년 소설『밤과 낮』을 출간함. '몽크스 하우스'를 구입하고 이곳으로 거처를 옮김.

1921년 여름 동안 병에 시달림.

1922년 소설『제이콥의 방』을 출간함.

1023년 스페인을 여행함.『댈러웨이 부인』의 전신인『시간들』을 집필함.

1924년 케임브리지에서 현대 소설에 대해 강연함. 이 강연 원고를 바탕으로 에세이『베넷 씨와 브라운 부인』을 간행함.

1925년 평론집『일반 독자』, 소설『댈러웨이 부인』을 출간함.

1927년 소설『등대로』를 출간함.

1928년 소설『올랜도』를 출간함. 케임브리지에서 했던 강연을 바탕으로『자기만의 방』집필을 시작함.

1929년 강연 원고를 보완해 에세이 『자기만의 방』을 출간함.

1931년 소설 『파도』를 출간함.

1932년 『세월』의 전신인 『파지터 가족』의 집필을 시작함.

1935년 한동안 중단됐던 『세월』을 다시 집필하기 시작함. 네덜란드, 프랑스, 이탈리아를 자동차로 여행함.

1937년 소설 『세월』을 출간함.

1938년 에세이 『3기니』를 간행함.

1939년 런던에서 프로이트를 만남.

1940년 전기 『로저 프라이』를 간행함. 공습으로 집이 폭격을 맞음.

1941년 소설 『막간』의 원고를 완성함. 우즈강에서 스스로 목숨을 끊음. 유작 『막간』이 출간됨.

생각뿔 | 세계문학 미니북 클라우드 라이브러리

거장의 숨소리를 만나는 특별한 여행

001 | 위대한 개츠비×F. 스콧 피츠제럴드 Francis Scott Key Fitzgerald
• 〈타임〉 선정 '현대 100대 영문 소설' • 랜덤하우스 선정 '20세기 100대 영문 소설' 2위
• BBC 선정 '반드시 읽어야 할 고전'

002 | 동물농장×조지 오웰 George Orwell
• 〈타임〉 선정 '현대 100대 영문 소설' • 미국 대학위원회 SAT 추천 도서 • 〈뉴스위크〉
선정 '세계 100대 명저' • BBC 선정 '지난 1,000년간 최고의 문학가' 3위

003 | 노인과 바다×어니스트 헤밍웨이 Ernest Hemingway
• 노벨 연구소 선정 '세계 문학 100대 작품' • 〈뉴스위크〉 선정 '세상을 움직인 100권의
책' • 우리나라 문인이 가장 선호하는 '세계 문학 100선'

004 | 데미안×헤르만 헤세 Herman Hesse
• 미국 대학위원회 SAT 추천 도서 • 1946년 노벨 문학상 수상 작가 • 우리나라 문인이
가장 선호하는 '세계 문학 100선'

005 006 007 | 오만과 편견×제인 오스틴 Jane Austen
• 미국 대학위원회 SAT 추천 도서 • 노벨 연구소 선정 '세계 문학 100대 작품'
• BBC 선정 '지난 1,000년간 최고의 문학가' 2위

008 009 | 1984×조지 오웰 George Orwell
• 〈타임〉 선정 '현대 100대 영문 소설' • 〈뉴스위크〉 선정 '역대 세계 최고의 책' 2위
• BBC 선정 '지난 1,000년간 최고의 문학가' 3위

010 | 이방인×알베르 카뮈 Albert Camus
• 미국 대학위원회 SAT 추천 도서 • 1957년 노벨 문학상 수상 작가 • 노벨 연구소 선정
'세계 문학 100대 작품' • 우리나라 문인이 가장 선호하는 '세계 문학 100선'

*** | 도리언 그레이의 초상 1~2 × 오스카 와일드 Oscar Wilde
• 미국 대학위원회 SAT 추천 도서
• 〈동아일보〉 선정 '우리나라 명사들의 추천 도서'

*** | 로미오와 줄리엣 × 윌리엄 셰익스피어 William Shakespeare
• 미국 대학위원회 SAT 추천 도서
• 서울대학교 선정 '동서 고전 200선'

*** | 에드거 앨런 포 단편선 × 에드거 앨런 포 Edgar Allan Poe
• 미국 대학위원회 SAT 추천 도서 • 노벨 연구소 선정 '세계 문학 100대 작품'

*** | 예언자 × 칼릴 지브란 Kahlil Gibran
• 성경 다음으로 많이 읽힌 책

*** | 적과 흑 1~2 × 스탕달 Stendhal
• 국립중앙도서관 선정 '청소년 권장 도서'

*** | 폭풍의 언덕 × 에밀리 브론테 Emily Bronte
• 미국 대학위원회 SAT 추천 도서 • BBC 선정 '반드시 읽어야 할 고전'
• 〈옵서버〉 선정 '인류 역사상 가장 훌륭한 책'
• 국립중앙도서관 선정 '청소년 권장 도서'

*** | 독일인의 사랑 × 프리드리히 막스 뮐러 Friedrich Max Müller
• 한국출판문화산업진흥원 선정 '대학 신입생 추천 도서'

*** | 이상한 나라의 앨리스 × 루이스 캐럴 Lewis Carroll
• BBC 선정 '영국인이 즐겨 읽은 책 100선' • 영국 최고 아동 도서 50선

*** | 두 도시 이야기 × 찰스 디킨스 Charles John Huffam Dickens
• 미국 대학위원회 SAT 추천 도서 • 미국 하버드대학교 선정 '신입생 추천 도서'

*** | 오페라의 유령 × 가스통 르루 Gaston Leroux
• 세계 4대 뮤지컬인 〈오페라의 유령〉 원작

*** | 월든 × 헨리 데이비드 소로 Henry David Thoreau
- 미국 대학위원회 SAT 추천 도서

*** | 킬리만자로의 눈 × 어니스트 헤밍웨이 Ernest Hemingway
- 1954년 노벨 문학상 수상 작가

*** | 오즈의 마법사 × 라이먼 프랭크 바움 L. Frank Baum
- 미국 대학위원회 SAT 추천 도서
- 연세대학교 선정 '필독 도서'

*** | 레 미제라블 1~5 × 빅토르 위고 Victor Marie Hugo
- 세계 4대 뮤지컬인 〈레 미제라블〉 원작 • WTO 북클럽 추천 도서

*** | 파우스트 1~2 × 요한 볼프강 폰 괴테 Johann Wolfgang von Goethe
- 미국 대학위원회 SAT 추천 도서 • 서울대학교 선정 '권장 도서 100선'
- 국립중앙도서관 선정 '청소년 권장 도서'

*** | 바냐 아저씨 × 안톤 체호프 Anton Pavlovich Chekhov
- 서울대학교 선정 '동서 고전 100선'

*** | 바람이 분다 × 호리 다쓰오 Tatsuo Hori
- 애니메이션 〈바람이 분다〉 원작

*** | 세 가지 질문 × 레프 니콜라예비치 톨스토이 Leo Nikolayevich Tolstoy
- 영어권 문학가들이 뽑은 '가장 좋아하는 작가'

*** | 맥베스 × 윌리엄 셰익스피어 William Shakespeare
- 미국 대학위원회 SAT 추천 도서
- 서울대학교 선정 '권장 도서 100선'
- 연세대학교 선정 '필독 도서 200선'
- 국립중앙도서관 선정 '청소년 권장 도서'

*** | 외투 · 코 × 니콜라이 바실리예비치 고골 Nikolai Vasilievich Gogol
- 러시아 단편 소설의 모태가 된 작품

*** | 리어왕 × 윌리엄 셰익스피어 William Shakespeare
• 미국 대학위원회 SAT 추천 도서
• 〈뉴스위크〉 선정 '세계 100대 명저'
• 〈가디언〉 선정 '권장 도서'

*** | 좁은 문 × 앙드레 지드 Andr-Paul-Guillaume Gide
• 1947년 노벨 문학상 수상 작가

*** | 벚꽃 동산 × 안톤 체호프 Anton Pavlovich Chekhov
• 세계 3대 단편 소설 작가의 극작품 • 1888년 푸시킨상 수상 작가

*** | 벤자민 버튼의 시간은 거꾸로 간다 × F. 스콧 피츠제럴드 Francis Scott Key Fitzgerald
• 영화 〈벤자민 버튼의 시간은 거꾸로 간다〉 원작

*** | 눈의 여왕 × 한스 크리스티안 안데르센 Hans Christian Andersen
• 노벨 연구소 선정 '세계 문학 100대 작품' • 세계를 움직인 100권의 책

*** | 개를 데리고 다니는 여인 × 안톤 체호프 Anton Pavlovich Chekhov
• 노벨 연구소 선정 '세계 문학 100대 작품' • 서울대학교 선정 '고전 200선'
• 1888년 푸시킨상 수상 작가

*** | 이솝 이야기 × 이솝 Aesop
• 서울 독서교육연구회 권장 도서 • 어린이 독서위원회 권장 도서

*** | 무기여 잘 있거라 × 어니스트 헤밍웨이 Ernest Hemingway
• 1954년 노벨 문학상 수상 작가

*** | 네 개의 서명 × 아서 코난 도일 Arthur Conan Doyle
• BBC 드라마 〈셜록〉 원작

*** | 배스커빌가의 개 × 아서 코난 도일 Arthur Conan Doyle
• BBC 드라마 〈셜록〉 원작

*** | 미녀와 야수×쟌 마리 르 프랭스 드 보몽 Jeanne-Marie Leprince de Beaumont
• 애니메이션 〈미녀와 야수〉 원작

*** | 공포의 계곡×아서 코난 도일 Arthur Conan Doyle
• BBC 드라마 〈셜록〉 원작

*** | 주홍색 연구×아서 코난 도일 Arthur Conan Doyle
• BBC 드라마 〈셜록〉 원작

*** | 제인 에어 1~2×샬럿 브론테 Charlotte Bronte
• 〈옵서버〉 선정 '인류 역사상 가장 훌륭한 책' • 〈가디언〉 선정 '세계 100대 최고의 책'
• BBC 선정 '반드시 읽어야 할 고전' • 미국 대학위원회 SAT 추천 도서

*** | 피아노 치는 여자×엘프리데 옐리네크 Elfriede Jelinek
• 2004년 노벨 문학상 수상 작가

*** | 왼손잡이×니콜라이 레스코프 Nikolai Semyonovich Leskov
• 러시아 사람들이 가장 좋아하는 소설

*** | 마음×나쓰메 소세키 Natsume Sosek
• 서울대학교 선정 '권장 도서 100선'

*** | 실낙원 1~2×존 밀턴 John Milton
• 단테의 『신곡』과 함께 '최고의 기독교 서사시'로 꼽히는 작품

*** | 복낙원×존 밀턴 John Milton
• 기독교 서사시 『실낙원』의 속편

*** | 테스 1~2×토머스 하디 Thomas Hardy
• 미국 대학위원회 SAT 추천 도서 • BBC 선정 '영국인이 사랑한 도서 100선'
• 서울대학교 선정 '고등학생 권장 도서 100선'

*** | 어머니 이야기×한스 크리스티안 안데르센 Hans Christian Andersen
• 1846년 덴마크 단네브로 훈장 수상 작가

*** | 야간 비행 × 앙투안 드 생텍쥐페리 Antoine Marie Roger De Saint Exupery
- 1931년 페미나 문학상 수상 작가

*** | 톰 소여의 모험 × 마크 트웨인 Mark Twain
- 1876년 출간 이후 절판된 적이 없는 스테디셀러

*** | 포로기 × 오오카 쇼헤이 Shohei Ooka
- 제1회 요코미쓰 리이치상 수상 작가

*** | 인공호흡 × 리카르도 피글리아 Ricardo Piglia
- 1997년 플라네타상 수상 작가
- 아르헨티나 작가 선정 '아르헨티나 역사상 가장 위대한 10대 소설'

*** | 정글북 × 조지프 러디어드 키플링 Joseph Rudyard Kipling
- 1907년 노벨 문학상 최연소 수상 작가
- 애니메이션, 영화 〈정글북〉 원작

*** | 신곡―연옥 × 단테 알리기에리 Alighieri Dante
- 미국 대학위원회 SAT 추천 도서
- 〈뉴스위크〉 선정 '세계 100대 명저'
- 서울대학교 선정 '권장 도서 100선'
- 국립중앙도서관 선정 '고전 100선'

*** | 황금 물고기 × J.M.G. 르 클레지오 Jean-Marie-Gustave Le Clezio
- 2008년 노벨 문학상 수상 작가

*** | 판탈레온과 특별봉사대 × 마리오 바르가스 요사 Mario Vargas Llosa
- 〈포린 폴리시〉 선정 '가장 영향력 있는 지식인 100인'
- 1994년 세르반테스상 수상 작가

*** | 잠자는 숲속의 공주 × 샤를 페로 Charles Perrault
- 애니메이션 〈잠자는 숲속의 공주〉 원작

*** | 나귀 가죽 × 오노레 드 발자크 Honore de Balzac
- 작가의 '철학 연구'의 첫 번째 자리에 배치된 작품

*** | 노예 12년 × 솔로몬 노섭 Solomon Northup
- 영화 〈노예 12년〉 원작

*** | 둔황 × 이노우에 야스시 Yasushi Inoue
- 1960년 제1회 마이니치예술대상 수상작
- 1976년 일본 문화 훈장 수상 작가

*** | 어느 어릿광대의 견해 × 하인리히 뵐 Heinrich Boll
- 1972년 노벨 문학상 수상 작가

*** | 웃는 남자 1~3 × 빅토르 위고 Victor Marie Hugo
- 영화, 뮤지컬 〈웃는 남자〉 원작
- 한국간행물윤리위원회 선정 '청소년 권장 도서'

*** | 휴먼 스테인 × 필립 로스 Philip Roth
- 1997년 퓰리처상 소설 부문 수상 작가

*** | 바보들을 위한 학교 × 사샤 소콜로프 Sasha Sokolov
- 1996년 푸시킨 메달 수상 작가

*** | 톰 아저씨의 오두막 1~2 × 해리엇 비처 스토 Harriet Beecher Stowe
- 미국 최초의 밀리언셀러 소설

*** | 아버지와 아들 × 이반 세르게예비치 뚜르게네프 Ivan Sergeevich Turgenev
- 미국 대학위원회 SAT 추천 도서
- 서울대학교 선정 '동서 고전 200선'
- 우리나라 문인이 가장 선호하는 '세계 문학 100선'

*** | 베니스의 상인 × 윌리엄 셰익스피어 William Shakespeare
- BBC 선정 '지난 1,000년간 최고의 문학가' 1위

생각뿔 세계문학 미니북 클라우드 라이브러리는 계속 출간됩니다.
*** 근간 목록은 발간 순에 따라 변경될 수 있습니다.

옮긴이 | 안영준
고려대학교를 졸업했다. '언어적 감각'이 뛰어난 IQ 158 멘사 회원이다. 공립 중등국어교사로 8년 동안 근무했으며 대치동에서 논술 전임강사로 활동하기도 했다. 현재는 1인 지식 창업 및 책 쓰기 코칭을 하며 영한 번역을 하고 있다. 옮긴 책으로는 『1984』, 『데미안』, 『위대한 개츠비』, 『노인과 바다』, 『동물농장』, 『오만과 편견』, 『이방인』 등이 있다.

해설 | 엄인정
국민대학교 국어국문학과를 졸업하고 동 대학원에서 국어교육학을 전공했다. 현재 단행본 편집과 영한 번역 업무를 병행하며 프리랜서로 활동 중이다. 옮긴 책으로는 『데미안』, 『톨스토이 단편선』, 『오만과 편견』, 『카프카 단편선』, 『그리스인 조르바』 등이 있다.

자기만의 방

1판 1쇄 발행 2019년 3월 15일

지은이 버지니아 울프
옮긴이 안영준
해설 엄인정
펴낸이 생각투성이
편집 이한준, 안주영
디자인 생각을 머금은 유니콘
마케팅 김사랑

발행처 생각뿔
주소 서울시 서초구 반포동 66-1 코웰빌딩 102호
등록번호 제233-94-00104호
전화 02-536-3295
팩스 02-536-3296
커뮤니티 www.facebook.com/tubook2018 (페이스북)
e-mail tubook@naver.com
ISBN 979-11-89503-57-4 (04800)
        979-11-964400-8-4 (세트)

생각뿔은 '생각(Thinking)'과 '뿔(Unicorn)'의 합성어입니다.
신화 속 유니콘의 신성함과 메마르지 않는 창의성을 추구합니다.